章小舫（繁體字版）

MISS ZHANG (A NOVEL WRITTEN IN TRADITIONAL CHINESE CHARACTERS)

B杜

British Library Cataloguing-in-Publication Data. A CIP catalogue record for this book is available from the British Library.

ISBN 978-1-915884-54-1 (ebook)

ISBN 978-1-915884-53-4 (print)

For my Family

第一章 / 人間富貴花

章小舫大概是長三角地區第一位擁有個人衣帽間的小學生吧？！可是她仍不滿意，因為父母有收納珠寶和手錶的展示櫃，而她沒有。

"囡囡，等妳再大一點兒，我們就移民美國，到時候一定給妳一個帶展示櫃的衣帽間。"她母親對她說。

章家不是上海本地人，頂多算是新上海人，但章小舫的母親還是跟著上海人的喚法，親暱地喊自己的女兒"囡囡"，也就是"寶貝兒"的意思。

"章太太，您家何時移民美國？"得到第一手消息的美髮師立馬來了精神，"如果真移民了，又會住在哪個城市？"

"再過兩年吧！"章太太答，"我們申請的是投資移民，應該很快會批下來，不過囡囡才小學五年級，怎麼也得等她小學畢業吧？！至於城市，我想去紐約，可是我先生想去聖荷西，理由是聖荷西在美國西海岸，天氣比紐約好太多。"

美髮師聽過紐約，但沒聽過聖荷西，即便如此，她仍頻頻點頭附和，彷彿對這兩處地方熟得不得了。

"姆媽，我不想去美國。"章小舫嘟著嘴，"Wendy說美國飯難吃，晚上也沒什麼好玩的，無聊死了！"

"那是因為Wendy去的是鄉下，當然不好玩。"她母親說，"換成紐約就不一樣了，那是一座不夜城，好玩的地方可多了。"

因為這個回答，章小舫立即愛上紐約，心想到時候肯定投母親一票，孤掌難鳴的父親也只能點頭同意。

"章太太，你們一家都好有福氣呦！那麼快就要到美國享福了。"美髮師邊盤髮邊羨慕，"話說回來，失去您這個大客戶，我還真有點兒捨不得。"

"有什麼捨不得的？如果妳願意，可以跟我們一起到美國，就像我家的廚子一樣，到時候我讓我先生給妳申請個工作簽證。"

聽到自己也能到美國見世面，美髮師的聲音立即高八度，嚷著肯定是上輩子燒高香，這輩子才能遇到像章太太這樣的貴人……

這可不是過分吹噓，章太太的確是美髮師的貴人，只因一次偶然的相遇，便讓對方上門服務，一週總有個三、五次，每次固定給100元小費，對於底薪只有3000元的美髮師來說，不啻為一筆不菲的外快。如今章太太又慷慨地給出承諾，幾乎等同於天上掉餡餅。

"好了，章太太，您看滿不滿意？"美髮師討好地問。

為了參加今晚的跨年酒會，章太太特意選了紅色禮服，美髮師便在盤好的髮上插上一支同色髮簪，看起來喜氣洋洋的。

"還行吧！"章太太對著鏡子左看右瞧，"今天的髮膠氣味不太好聞。"

"對不起，下回我會注意。"美髮師誠惶誠恐地答。

待章太太起身去挑配飾，美髮師問章小舫想紮什麼辮子？

"我不想紮辮子，我想把頭髮捲成大波浪。"她答。

"妳才多大？大波浪看起來會很老氣。"美髮師答。

"我不管，我就要大波浪。"

美髮師的內心咒罵一句，但臉上還是帶著笑，不一會兒便動手為小主人捲髮……

當章家一家三口出現在酒會會場時，商會主席陳文夕立即迎了上去。

"怎麼現在才來？害我好等。"陳主席說。

"沒辦法，我家指揮官忽然改主意，為了等她換好旗袍，我抽完一整包的紅河道。"章先生答。

"別賴我，"章太太睨了自己的老公一眼，"是誰硬要把車拿去送洗？"

面對老婆不留情面的吐槽，章先生無奈解釋平常他開瑪莎拉蒂或賓利，今晚是盛會，怎麼也得把捷豹老爺車開出來，豈料這時才發現愛車已蒙塵，只能開到洗車店清洗。

"哈哈哈……"陳主席笑不可支，"怎麼我就沒此等煩惱？看來還是老弟混得好。"

"哪裡哪裡，不過混口飯吃。"章先生轉向自己的女兒，"喊人啊！寶貝兒。"

過去一年，章小舫已見過Uncle陳不下數十次，早已相當熟稔，遂大方地打了聲招呼，接著逕直走向Auntie陳。

章小舫口中的Uncle陳和Auntie陳是一對聲譽良好的夫妻，唯一的兒子常年在德國打拼，極少回國，夫妻倆自然而然地將情感投放在活潑可愛的章小舫身上，待她就像自己的親閨女一樣（如果老來得女，不也是這個歲數？）。

"原來是小舫啊！"Auntie陳笑眯眯地說，"妳今天的髮型不一樣，我差點兒沒認出來。"

"好看嗎？"章小舫摸摸自己的大波浪問。

"當然，妳綁辮子好看，不綁辮子也好看，怎麼樣都好看。"

章小舫很滿意這樣的回答，事實上，她也沒什麼可抱怨，因為圍繞在她身邊的幾乎全是好人，不是讚美她就是隨時準備為她提供幫助，所謂的"壞人"只存在電影或電視劇中。

"Auntie,"章小舫接住遞過來的橙汁，"聽說今晚追風少年會上臺表演，表演過後，我能跟他們合影嗎？"

"當然可以，我來安排。"

後來，章小舫不僅拿到與偶像的合影照，還加了聯繫方式，看來她能在朋友圈裡好好地炫耀一番。

"小舫，今晚玩得開心嗎？"酒會結束後，Auntie陳問。

"開心，不過……"

"不過什麼？"

"不過我的作業還沒寫完，很怕後天上課交不了。"

"如果交不了，老師會罵人嗎？"

章小舫答不會罵人，但會找家長談話。

"那麼妳爸或妳媽會給妳苦頭吃嗎？"Auntie陳又問。

章小舫的父母對她向來溺寵，連話都不敢說得太大聲，怎會給她苦頭吃？

"不會。"她果斷地答。

Auntie陳說既然如此，有什麼好擔憂的？

章小舫想想也對，遂又笑顏逐開。

"對，就是這樣！"Auntie陳拍拍章小舫的小臉，"記住了，不管任何事情發生，都要保持微笑，妳不知道妳笑起來有多好看。"

章小舫當然知道自己好看，笑起來尤甚，所以從不吝惜對周遭報以微笑，而這個世界也沒讓她失望，不僅要風得風，要雨得雨，還總能大事化小，小事化無（好比這次的作業事件）。

這就是章小舫，一朵總是順遂無虞的人間富貴花……

第二章／敗家女

章太太沒有工作，平日最大的愛好便是逛街，她的足跡幾乎踏遍全國主要城市的知名商場，逛奢侈品店就像逛超市一樣便利與自然。

"章太太，今日新貨到，要不要試試？"某櫃姐說。

"行吧！"她轉向女兒，"囡囡，妳坐這兒，姆媽一會兒就好。"

章小舫知道母親一試起衣服和鞋包，絕不可能一會兒就好，於是拿出紙筆，畫出一件又一件的華服。

"哇！這是妳畫的？"一位櫃姐嚷著，"真厲害！"

章小舫不予理會，繼續塗鴉。

踢到鐵板的櫃姐仍不死心，喊來一幫櫃姐，在眾人的甜蜜攻勢下，章小舫終於鬆口，答："我隨便畫的，比起 Karl Lagerfeld、Valentino Garavani 和 Yohji Yamamoto，我還有很多要學習的。"

章小舫在國際學校就讀，一口英語本來就說得字正腔圓，聽得櫃姐們面面相覷，不過這還不是最令人尷尬的，而是她提到的三個人名，櫃姐們一個也不識。

"妳聽過草間彌生嗎？我們店裡就有她的作品。"一位櫃姐說，想扳回顏面的意味濃厚。

"妳說的是Kusama Yayoi吧？！我也很喜歡她的作品，但她不是設計師，而是藝術家，頂多只是讓商家使用她的繪畫元素。"

起初，櫃姐們不過是給個高帽戴，沒想到連續被這個身高不足一米五的小孩打臉，面子上下不來，但又不能得罪優質客戶的女兒，只好一哄而散。

"囡囡，妳看這個包好看嗎？"章太太提著一個包問女兒。

章小舫一看，這不是Kusama Yayoi的波點藝術嗎？

"好看，妳喜歡就好。"她答。

站在一旁的櫃姐此時長舒一口氣，她原以為這個小妮子會說出一些"令人不安"的話來，進而讓她少賺佣金，還好沒有。

離開"成人"的奢侈品店後，母女倆轉戰高奢少女服飾店，在陸續買下章小舫要的吊帶裙、水晶手鏈和髮帶後，一大一小這才走進已事先預約好的餐廳吃下午茶。

這麼說吧！如果章太太的愛好是逛街，那麼她女兒的愛好便是在這個基礎上繼續發揚光大，還好章先生日進斗金，否則如何養得起兩個"敗家女"？

"囡囡，吃完下午茶，妳還想去哪兒？"章太太問。

"我想到外文書店買最新的時尚雜誌，再到植村秀的櫃檯買眼影。"

自從知道自己的偶像Karl Lagerfeld使用植村秀的眼影畫設計稿後，章小舫便有樣學樣，家裡已經有大大小小的眼影盤，可是她仍持續進貨，彷彿不要錢似的，而說起時尚雜誌，那又是另一個故事——家裡明明已經訂閱中文版了，偏偏章小舫要看英文版，以致同一個屋簷下出現兩本內容相同但版本不一的雜誌。

以上若擱在普通人家，肯定會被批評浪費，然而章家不是普通人家，不出意外的話，這種"肆意妄為"的生活起碼還能再過個五十年。

吃完下午茶，這對母女終於決定打道回府，不巧的是外面正下起傾盆大雨，而司機老劉又把車停在馬路對面（理由是商場前不讓停車）。

" 不行，你馬上把車開過來，我不想弄髒我的Jimmy Choo。"章太太對著手機說。

任性的結果便是收到一張違規停車的罰單，但相比八萬元一雙的手工定製鞋，那簡直便宜得不要不要的。

可想而知，耳濡目染下的章小舫養成了"買東西從不看價格"和"花錢買便利"的習慣。如果有人告訴她買東西得"貨比三家"，她會嗤之以鼻，因為同樣的時間可以做更有意義的事，好比看電影、做美甲、游泳、打高爾夫……等，何苦為了"幾塊錢"傷神？所以當她的母親不再花錢大手大腳，並且開始"貨比三家"時，章小舫感到迷茫。對此，她母親的解釋是——咱家就要移民美國了，把錢省下來到美國花不好嗎？再說，現在買的越多，到時候搬的就越辛苦。

" 所謂的省錢也包括地下室那十幾輛車嗎？"章小舫問。

" 當然，車子的運費很貴，倒不如賣了，到美國再買新的。"

" 那家裡的司機、廚子、阿姨和園丁呢？我以為他們會跟我們一起到美國，連同那個已經許久未見的美髮師。"

"囡囡，妳不懂，我們是投資移民，得僱美國籍員工才行。"

章小舫的確不懂大人的世界，只知道慣坐的車子一輛接一輛地消失，最後換上不知名的小車，家裡也因為少了做事的人，亂了不止一星半點，如果不是一家三口尚住在原來的房子裡，上的學校也沒變，章小舫恐怕要以為這個家突然變窮了。

事情的轉折發生在兩週後，當時章父章母關在房間裡講話，客廳茶几上的手機忽然響了一聲，章小舫本想通知父親，但走到房門口又踅回。幾經猶豫，她還是沒逃過好奇心的驅使，這才發現父親的祕密——一條催債短信。

"不，不會有人向阿爸催債，這不是真的，一定是惡作劇！"她邊安慰自己邊上床。

這是章小舫慣用的法子，只要睡上一覺，所有的陰霾都會在醒來後消失殆盡。

隔天，章小舫從Sleepeezee床墊上醒來，陰霾果然煙消雲散，因為母親告訴她——今天放學後，Uncle陳會接她去他家住。

"妳和阿爸呢？"章小舫問。

"我們得忙著移民，一旦在美國安頓下來，就會接妳過去。"

章小舫心想這樣最好，她可不願像隻無頭蒼蠅似地在一個陌生環境中到處亂竄，遂答："行，沒問題。"

"那給姆媽香一個。"她母親說。

章小舫抱住母親，左右臉頰各親一個。

“也給阿爸香一個。”她母親提醒。

於是章小舫跳下床，直奔父親懷裡。

事後回想，這大概是章家家道中落前最溫馨的一刻，因為接下來就愁雲慘霧了（不過受影響的只有章父章母二人，章小舫這朵人間富貴花依舊開得燦爛）……

第三章/家變

章先生和章太太原本的計劃是——等女兒小學一畢業便拿著有效期為兩年的"臨時綠卡"全家遠赴美國。如今"臨時綠卡"到手了，可是出行人卻只有兩人。

"把囡囡單獨留下來好嗎？"章太太憂心忡忡地說。

"不然呢？妳打算讓她陪我們吃苦？"

話說章先生從腰纏萬貫到阮囊羞澀只用了短短三天的時間，簡直不可思議，連電視劇都不敢這麼演。為此，他懊悔不已，怎麼就忽然鬼迷心竅了呢？

如果只是章先生一人的一時糊塗，還不致於陷入萬劫不復的境地，問題出在隨行的章太太身上，她玩起骰寶來，不僅輸得連底褲都沒了，還倒貼一大筆錢。

對此，章太太也有話要說。

"這事不能全怪我，"她說，"一開始有輸有贏，但接下來就不是那麼回事了，我押大就出小，我押小就出大，好不容易押大出大、押小出小，偏偏就來個圍骰，簡直見鬼了！"

（註：如果三個色子點數一樣，莊家通吃，也就是所謂的"圍骰"，意即無論押大或押小，下注者皆輸。）

"我沒怪妳玩，可是妳怎麼會輸光手中的籌碼還跟賭場借？借了也就罷了，還不跟我說，直到累積到一個可怕的數字，此時就算天王老子來了，也照樣回天乏術。"

"我……我以為家裡的存款比那個多得多，還有，我不相信自己的運氣會這麼背，一心想把輸掉的錢給贏回來，加的籌碼也就越來越大，以致於到最後一共向賭場借了多少，我完全不清楚。"章太太弱弱地答。

這也是章先生的不明白之處，他玩的百家樂多少靠點兒技巧，不像太太玩的骰寶，基本靠運氣。換言之，骰寶的輸贏應該接近五五開，怎麼就兵敗如山倒？

然而他太太借錢一事不假，一次下注曾高達20萬美元也是事實（有錄像和簽名為證），現在說什麼都太晚了……

從拉斯維加斯回來後，這對夫妻一直在"暗中"籌錢，但情況很不理想。為了在期限內還上欠款，章先生只好向地下錢莊求助，雖然躲過賭場的圍剿，但利滾利的結果，成功讓章家一貧如洗，若不是章太太再三請求，章先生恐怕不會花高價又住回已出售的房子內，同時預付一年的國際學校學費，為的就是保住最後的顏面，尤其不能讓唯一的寶貝女兒發現這個家已今非昔比……

當一切都出清並且還完所有欠款後，章先生的手裡大概還剩三十萬元不到。

"就這麼點兒錢，我們恐怕很快又要走投無路了。"章太太絕望地說。

"天無絕人之路，總會有辦法的。"章先生安慰她。

也許保密工夫做得好，章家的身邊人皆以為這一家三口就要飛到美國，繼續過上等人的生活，這也包括那對即將被委以重任的陳氏夫妻。

"這樣好嗎？非親非故的，他們會願意嗎？"章太太惶惶不安地問。

"把女兒交給老陳夫婦乃無奈之舉，"她老公答，"目前也只有他們能讓小舫的生活水平不下降。倘若留給親戚，那差距就大了，我怕小舫會有失落感，這是我們最不願見到的。"

"可是我們要如何向老陳夫婦解釋這件事？"

"就說不願孩子在學期當中中斷學業，他們會理解的。"

雖然老陳夫婦一向善待章小舫，但真要把孩子送過去又是另一回事，章太太很擔心對方會拒絕。

"妳說的對，所以我打算給他們一筆錢。"章先生說。

"給錢？"章太太揚起聲，"我們哪來的錢？"

"妳不是還有一只愛馬仕包？"

此話一出，這位已經心力交瘁的女人瞬間變了臉色。

是這樣的，章太太曾有一櫃子的名牌包，為了還債，不得不低價出售，只保留一只大象灰的愛馬仕鉑金包，如今連這一只也難保，怎不令她唏噓？

"你知道這只包是怎麼來的嗎？"她神情哀怨地問。

章先生嘆了口氣，答："我相信這只包對妳的意義重大，但再怎麼大也大不過咱們的女兒，妳想要小舫在別人的屋簷下窩窩囊囊地活著嗎？"

囡囡是章太太的心頭肉，她寧願苦自己，也不願女兒受一丁點兒委屈，所以只一會兒的工夫，她便同意售包了。

就在包包售出後的那個週末，章家邀陳家吃私房菜，席間便把女兒託付出去。

"沒問題，小舫就像我們的女兒一樣，我們一定會盡心盡力照顧好她。"陳太太說。

"既然我太太同意了，我沒意見，只是你們何時接她去美國？"陳先生問。

這個問題章先生和章太太已事先討論過，所以口徑完全一致——七年級開始前就會接走女兒。

陳家二老一合計，不過五個月的時間，所以婉拒章家遞過來的生活費。

就這樣，章小舫住進了陳家，在兩老的呵護與疼愛下，又過上錦衣玉食且有求必應的生活……

第四章/屋漏偏逢連夜雨

陳先生掛斷手機後，陳太太問他：" 誰打來的？"

" 小舫的父親打來的，他說他已經替小舫找好學校，可是一問才得知入學必須有小托福、SSAT、ISEE等的考試成績。這下好了，小舫沒學校可唸了。" 陳先生答。

" 怎麼會這樣？" 陳太太憂心忡忡，" 留學顧問難道沒提醒？"

" 妳這不是廢話？若提醒了，還會有如今這個局面嗎？"

陳太太陷入沉思，此時若斷然把小舫送去美國，豈不是落後一年（考這些亂七八糟的試，怎麼也得一年半載的工夫吧？！）？這跟降級有什麼兩樣？不行，她絕不能讓小舫處於如此不利的境地！

" 你是怎麼答覆老章的？" 陳太太又問老公。

" 我說我得問過妳和小舫，稍後再打回去。"

由於談話中提到小舫，兩夫妻遂去敲她的房門。門開後，陳先生與陳太太輪番發言，章小舫終於拼湊出一個大概來。

「那簡單，我留在國內，把該考的試都考完了再走。」
她答。

若換成別的寄宿家庭，這種"不收錢"的人情恐怕難以為繼，但陳氏夫妻不一樣，經五個月來的相處，他們真的把章小舫視若己出，很難想像當別離到來時，這對夫妻要如何割捨這濃得化不開的"親情"？

「小舫，」陳太太愛憐地摸摸她的頭，「妳真這麼想？」

「是的，這裡有我熟悉的環境和朋友，你們又對我這麼好，離開我還真捨不得呢！」

陳先生和陳太太快速交換一下眼神，接著鬆了一口氣。

「那好，妳繼續寫作業，我和妳Uncle不吵妳了。」陳太太說。

兩夫妻離開章小舫的房間後，陳先生立即打給遠在美國的章先生，後者雖然略顯失望，但也同意這是目前最好的辦法。

「對了，」章先生繼續說，「我家小舫住你家，日常花銷肯定不少，我給你打款吧！」

「嘖嘖嘖！這麼說就太見外了，咱倆是什麼關係？你若再提這個，我可真要生氣了。」陳先生答。

「好好好，聽你的，但學費無論如何也得給。」

「你這是瞧不起誰？小小的學費還怕我付不起嗎？」

事已至此，章先生恭敬不如從命，只能再次欠下"人情債"。

掛斷電話後，章太太急忙問老公：「老陳是怎麼說的？」

「他說就讓小舫待在國內，直到把成績都考出來了再赴美，這也是小舫的想法。」

"那錢的事……"

"老陳打死也不收。"

"真是老天爺幫忙！他若要收，我們還真付不出來，這大概是諸多不順當中唯一的幸事吧！"

章太太話一答完，接著環顧四周，所謂的"家徒四壁"也不過爾爾，更甚的是這地下室常年潮濕，牆壁已經長出大小不一的灰綠色斑塊（黴菌），看起來很嚇人。

"我們什麼時候能逃離這個鬼地方？"章太太問老公，"隔壁老墨每晚都發酒瘋，我已經神經衰弱了。"

"別擔心，等我把手裡的保險賣出去，一切都會好的。"章先生答。

五個月前，手裡揣著6萬美元來紐約的章先生和章太太也曾憧憬著新生活，但很快便被現實毒打，在這個一份熱狗都要價7美元的大城市裡，6萬美元並不多，兩人不得不從破舊的旅館搬到連白天也伸手不見五指的地下室，與吸毒者、妓女、酒鬼、非法移民者為伍。為此，一向養尊處優的章太太已經不知哭過多少回，若不是還心繫女兒，她早往哈得遜河一跳，來個一死百了。

章先生同樣也接受不了從天堂掉入地獄的落差，但他畢竟是家裡的頂樑柱，怎麼也不能倒下，只能每天替自己和老婆打氣，期待有一天還會東山再起，重回社會頂層。

一開始總是比較困難，尤其章先生和老婆是新移民，既沒朋友又無親戚，在此情況下，想把保險賣出去難如登天，章先生不得不厚著臉皮，挨家挨戶敲門，甚至"同時"信仰天主教、基督教、道教和佛教，為的就是打入宗教團體，好給自己增加點兒業績，可惜收效甚微；反觀章太太，她也好不到哪裡去，由於無一技在身，英語又不好，連服務員的工作都找不到，只能窩在洗衣店裡日日燙衣服，她那原本又白又嫩的肌膚，在高溫蒸汽的作用下，早已變得暗沉、粗糙、龜裂。

某日夜裡，章太太對老公說：" 我想買Decorte的面霜和Dior的護手霜。"

" 妳知道我們負擔不起。"

" 我不管，我就要！" 章太太猛地從床上坐起，" 我每天不停地燙衣服，把皮膚都燙壞了，這不是我，我應該在五星級酒店裡做Spa，或在高檔餐廳裡喝下午茶，不是像現在這樣，人不人鬼不鬼的。"

章太太話一答完，哭得像個淚人，章先生雖心煩，還是耐著性子安慰她，豈料一向聽勸的老婆，今晚硬是一根筋，怎麼也哄不住，章先生只好採"床頭吵，床尾和"的戰術。

事後，躺在床上大喘氣的章太太對老公說："你忘了戴套。"

" 妳沒給我時間戴。"

" 可別中獎了。"

" 不會的，沒那麼好運。"

哪知一語成讖，兩個月後，章太太氣沖沖地把帶有兩條槓的驗孕棒遞到老公面前，問他要怎麼辦？

章先生腦袋一轟，怎麼那麼小的概率也碰上了？想當初他們懷小舫前還得求助專家，怎麼飄洋過海後一發即中？簡直太不可思議了！

" 我尊重妳的決定，妳想生就生。" 章先生無奈地答。

" 我們拿什麼生？住的是地下室，一天只吃兩餐，你想讓孩子出生後怨我們？"

" 那就不生了。"

"不生？你就那麼狠心？好歹是個生命，這跟謀殺有什麼兩樣？"

章先生發現自己那個已步入中年的老婆越來越"不可理喻"，但看在她從天堂掉入地獄的份上，也只能包容，於是試著又哄了老婆幾次，可是依舊是"說啥啥不對"。

已經"山窮水盡"的章先生受夠了，他破例甩門而出，也正因此次的"使性子"，給這個歷經劫難的家庭帶來了轉機。

第五章／下不為例

起初，章先生也想利用自身的經驗與優勢，在美國重新做回金融白領，奈何年紀擺在那裡，加上亞洲臉孔和帶著中式口音的美語，即使有幸得到面試機會，那也不過是走個流程而已，三言兩語便被打下來。不得已，章先生只得從事門檻較低的保險業務員工作，可是門檻越低也就意味著越不容易成交。這可不，入職以來他才簽了一單，還是個雞肋小單，章先生的壓力不可謂不大。

今夜，章太太告訴章先生有喜了，這若放在"好日子"的從前，兩人早開香檳慶祝了，可是眼下捉襟見肘，他連能不能保住工作都不確定（公司給的試用期將至，而他還沒開出大單，看來凶多吉少了）。凡此種種，他怎麼高興得起來？也難怪今夜他會失去理智，凶了老婆不說，大半夜還跑到華爾街的酒吧喝18美元一杯的雞尾酒，平常他可是連1.5美元的啤酒都捨不得買呢！

就在他喝光最後一口，準備離去時，一位穿著講究的女人緊挨著他坐下，同時點了兩杯百利甜。

"一個女人點了兩杯酒，待會兒肯定有同伴來。"章先生邊起身邊想。

"你上哪兒去？"女人對他哂然一笑，"酒還沒喝呢！"

章先生定眼一看，這不是住在曼哈頓別墅區的江女士嗎？她原本想替房子買火險，談了幾次都沒談下來，後來索性玩失蹤，讓章先生怎麼也聯繫不上。

"抱歉！我的錢只會花在自己身上，所以別期待我會替妳的酒買單。"章先生硬氣地答。

江女士呵呵呵地笑，說章先生吃了熊心豹子膽，竟敢對客戶出言不遜。

"客戶？妳可是連最便宜的險都沒買啊！"他說。

"別那麼快下結論，如果今晚哄我開心，不說一個，你整年的額度我都會幫你完成。"

聽到有機會完成大單，章先生不敢怠慢，立刻端出保險業務員的架勢來。

"不，今晚不談保險，只需陪我說說話。"她停頓了一下，"告訴我，你今晚為什麼上酒吧來？"

章先生也不藏著掖著，直接宣佈自己再度喜當爹，可是孩子來得不是時候，很可能會保不住，所以上酒吧舒緩情緒。

"為什麼保不住？"江女士問。

"因……因為……因為我年紀大了，沒那個精力。"他答。

"呵！你好歹還能當爹，我是當不了媽了，因為男人一見我就跑，好比今晚的Blind Date，男人跟我說上衛生間，結果一去不復返，哈哈！我長得有這麼醜嗎？"

其實江女士長得不壞，眼是眼，鼻是鼻，只是臉盤大了點兒，加上身材粗壯，的確讓"某些"男士提不起興致來。

"我認為女人最重要的是內涵，因為再漂亮的女人，有一天也會年華老去、容顏不再。"章先生說。

"那麼你認為我有內涵嗎？"

"現在還不清楚，也許今晚結束前，我會有一個比較確切的答案。"

那天，他們喝了多少酒就說了多少話，什麼時候失去意識的，章先生完全不清楚，只知道當他再次睜眼時，頭痛得像被戴上了緊箍圈。

"頭很痛吧？宿醉就是這樣，總要半天到一天的工夫才會消除。我看你今天就別上班了，回頭跟公司說在談一個超級大單。"江女士說。

本來章先生還渾渾沌沌，當看見眼前站著一位穿著"清涼"的女士後，人立馬清醒過來，眼睛睜得比銅鈴還大。

"哈哈哈……"江女士笑不可支，"嚇壞了吧？！昨晚你可不這樣，不僅熱情，還一口一個地喚我寶貝。"

章先生對此毫無印象，隨之而來的是恐慌——怎麼跟客戶上床了？這要如何收拾殘局？

"對不起，我喝醉了，如果冒犯到妳，請原諒！"他說。

"你是冒犯到我了，所以我打算到法院告你強姦。"

章先生一聽，嚇得冷汗直流，說話也語無倫次，一會兒要拿錢和解，一會兒又說自己沒錢，請江女士高抬貴手……

"放心，我有的是錢，你那三瓜兩棗的，我還看不上呢！"

聽到即使用錢也解決不了，章先生心如死灰，感覺天都
要塌下來了。

"瞧你，就這點兒出息？"江女士睨了他一眼，"我逗你
的，你怎麼就信了？"

聽到江女士是逗他的，章先生的枷鎖一下子解開了，整
個人輕鬆不少。

"謝謝！太感激了，下不為例，下不為例。"他叨唸著
。

"當然下不為例。"江女士的表情忽然轉為嚴肅，"聽著
，昨晚是個意外，誰都不准再提，等買完保險，我倆再
無瓜葛，既不見面也不聯繫，懂嗎？"

這正是章先生想要的，當然點頭如搗蒜。

接下來，江女士兌現了她的承諾，一共買了五項險，全
是保額大的，足夠完成一位業務員一整年的額度。

當章先生走出豪宅時，雖然宿醉引起的頭疼還未緩解，
但心情無疑是快活的，因為他終於保住工作，並且有了
豐厚的佣金，怎麼都該慶祝一下。

想至此，他大踏步地往家的方向走去……

第六章/畫大餅

看見一夜未歸的老公推門進來，章太太的擔憂立即化為憤怒，她斥問老公上哪兒去了？她擔心了一整晚，連覺都睡不安穩。

"我談了一筆生意，很大一筆。" 他將老婆從床上拉起，"走，我們出去慶祝一下。"

"不行，我還得上班，老闆說中午以前若見不到我，我就不用來了。"

"管他的，讓他吃屎去！"

章太太老早想辭了工作，今天老公一敲邊鼓，她索性就炒老闆魷魚，轉身換衣服去。

在乘坐6站地鐵又步行了十多分鐘後，這對夫妻終於來到擁有"紐約最好吃的牛排"之美譽的 Peter Luger Steak House。

兩人坐下後，從餐前酒、前菜、湯，再到主菜、甜點、熱飲，全點了個遍。

"我們不應該如此鋪張浪費，"章太太攏攏頭髮，又拉拉裙子，"我不知道要上高檔餐廳，頭髮沒做，衣服還是兩年前的舊衣。"

"別擔心，待會兒咱們上美髮沙龍，妳想燙什麼髮型就燙什麼髮型，衣服也多買幾件，妳老公我今天簽了個超級大單，所以千萬別替我省錢哈！"

"你怎麼忽然就簽了大單？"

"因……因為被財神爺眷顧了嘛！"章先生趕緊轉話題，"好吃嗎？三分熟的牛排會不會太血腥？"

"不會，剛剛好。"

此時的章家兩口子吃著美食、喝著美酒，旁邊還有服務員服侍著，日子彷彿又回到歲月靜好的從前。

"聽著，"章先生說，"我已經找到賣保險的竅門，很快我們就能搬離地下室，住進上東區的豪宅，到時候珠寶、華服和名包都會有，妳只要負責開心就好。"

老公的一席話燃起章太太的希望，她原以為自己已經跌入社會底層，再也無翻身機會。

"可是……"她老公忽然欲言又止。

"可是什麼？"她問。

"可是妳肚裡的孩子來得不是時候，如果晚個三、五年，一切都會不一樣，妳也不用如此辛苦了。"

話說得沒錯，章太太稍微考慮了一下便爽快答應墮胎（不排除是眼前的佳餚美酒和老公的"甜言蜜語"幫了大忙，因為她太想脫離苦海了）。

"謝謝！"章先生握住老婆的手，"我一定不會辜負妳。"

章先生原先的想法是只要勤上高級酒吧就能結識上流社會精英，簽單自然是手到擒來的事，殊不知聊天是一回事，做買賣又是另一回事，像江太太那樣有"特殊需求"的富婆，十年也難得碰上一回，他那晚是走了狗屎好運，而人不會一直幸運下去……

不過話說回來，章先生也不是完全顆粒無收，畢竟自從"大開張"以來，一個月也有一、兩單的成交量，勉強能向上級交差。

這個結果雖"吉格"，但顯然與章先生的"夢想"相距甚遠，然而他也不是純粹畫大餅，因為他和太太的確搬出地下室，住進曼哈頓下東區，理由有四：

1、意外得了一筆橫財，當然得利用起來，首選便是改善住宿環境和條件。

2、曼哈頓下東區雖然治安相對較差，但離中國城不到兩公里，至少吃的方面能夠得到滿足。另外，往西南約三公里處便是章先生工作的華爾街，地理位置相當優越。

3、他們盤下的洗衣店就在中國城靠近下東區的位置，換言之，章太太只需徒步十分鐘即可抵達，不用起早貪黑地趕搭公共交通工具，既省下時間，又省下交通費。

4、曼哈頓上東區（Upper east side）是紐約富人區，這裡居住著全紐約市最富有的一群人，與曼哈頓下東區還是有所區別的，但好歹皆屬曼哈頓，章先生和章太太感覺自己離成功又進了一步。

"其實……"章太太猶豫了一下，"下東區也有高級點兒的公寓，我們可以租下更好的。"

"當然可以，但我們才剛盤下洗衣店，我的收入也還不穩定，此時若不節流，很可能月底就會出問題。"

話說章先生與章太太租下的是個老公寓，外表雖破舊，裡面卻乾乾淨淨的（至少沒有米老鼠和小強的蹤跡），有兩扇超大窗戶（可以俯瞰巴士特街和喜士打街的街景），屋外還有Z字型的逃生梯，轉角處勉強能當個小陽臺。

"可是……"章太太又猶豫了一下，"可是囡囡來了怎麼辦？這裡只有一張床，難道讓她睡沙發？"

"小舫又不會馬上來美國，即使來了，到時候再搬也不遲。"

話都說到這個份上，章太太再不滿意也得識大體，因為家裡的經濟情況她是清楚的——付了洗衣店的轉讓費及兩處租處的房租和押金後，這個家已經炸不出任何油水來。

"你說我們的洗衣店能營利嗎？"已經上床的章太太問。

"當然能，不僅能營利，我們還要開分店，不止在美國開，還要開向全世界，讓所有地球人都知道Snow White連瑣洗衣店的老闆娘既聰明能幹又美豔動人。"

章太太嘴裡啐道"貧嘴"，心裡卻樂開花，如果真如她老公所說的那樣，前程無疑似錦，她等不及要"再度"過上富太太的生活。

"睡了吧！"章先生幫老婆蓋好被子，"明天洗衣店新開張，該忙的事多了去。"

"嗯！晚安。"

"晚安。"

熄燈之後，各懷心事的兩人各自走進夢鄉……

第七章/區別對待

章氏夫妻盤下的洗衣店只有20平米大，還好店內的挑高夠高，被前店主隔了個夾層作為儲藏室使用，空間總算勉強能應付下來。

就在Snow White洗衣店開始第一天的送往迎來時，寄宿在陳家的章小舫正在講電話……

"妳到底去不去？"手機那端問。

"我說了，我得問過Uncle和Auntie。"章小舫答。

"妳怎麼那麼死腦筋？隨便找個理由不就出來了？"

與章小舫通話的是她的繪畫班同學林碧蓮，據林碧蓮說，她的堂哥過生日，想找幾個女生熱鬧一下，節目會很好玩，保證所有人都會終身難忘。

"嗯……其實我並不是那麼想去。"章小舫說。

此話一出，林碧蓮急得跳腳。

"實話告訴妳，"她說，"我堂哥見過妳，他叮囑我一定要把妳約出來。"

「那我更需要報備了，妳能等就等，不能等就算了，當我不去。」

「好，我等我等，明天妳一定得給我答覆喔！」

隔天早餐桌上，章小舫將此事一五一十道出。

「在哪裡慶祝？」陳先生問。

章小舫答不知道。

「都有哪些人參加？」陳太太接著問。

章小舫還是不知道。

陳氏夫妻快速交換一下眼神後，陳先生開口了。

「小舫，妳還是未成年人，需要大人保護，但生日派對不參加又說不過去。這樣吧！妳讓他們通通到我的會所來，又能食飯，又能唱歌，不比在外面有意思？」

於是章小舫把話一五一十地轉述了。

「會所？」林碧蓮皺了皺眉頭，「那多貴啊！」

「我Uncle說不用錢，他全包了。」

「你Uncle叫什麼名字？」

「陳文夕，耳東陳，文章的文，夕陽的夕。」

奇怪的是談話過後，林碧蓮便不再提生日派對的事，反而說話和態度明顯變得客氣起來。

幾日過後，陳先生忽然憶起生日派對的事，遂問。

「可能取消了吧？！反正我也不是很想去。」她答。

「小舫，」陳太太開口了，「妳是我們的寶貝，但別人未必都善待妳，所以任何時候都要保護好自己，因為妳是美麗的、善良的、無可取代的。」

「我知道，就像白雪公主一樣，她不害人，可是繼母卻想要殺了她。」

「沒錯，所以妳只待在我們認為安全的地方，並且只與我們認可的人交往，這樣就能最大程度地減少不愉快，甚至保住性命。」

章小舫雖然不是完全理解話裡的含義，但鑑於Uncle和Auntie向來待她極好，她沒理由懷疑，於是點頭答應了。

轉眼間，七年級結束了，章小舫的小托福、SSAT、ISEE 等的考試結果也一一出爐，可惜成績皆不理想。

「我準備了，可是不知怎的，考試時腦袋一片空白，怎麼都想不起答案來。」章小舫哭喪著臉，「我是不是太笨了？」

「胡說！我們小舫最聰明了。」陳太太把她摟在懷裡，「妳呀！一次考不過就多考幾次，總會考過的，人生那麼長，何必急於一時？」

由於成績不佳，赴美之行不得不延遲，殊不知這正中章小舫的下懷，因為她不想到未知的國外（至少目前不想），尤其待在國內還如此舒適。

針對章小舫的失常表現，陳太太的心中是有疑問的，因為這孩子的校內成績向來平穩，一直保持在中上水平。

「這有什麼好懷疑的？」陳先生說，「有些人逢考試就緊張，再說，這個結果不正是我們夢寐以求的？如果她考出好成績來，那也意味著分別的日子到了，妳希望小舫離開我們嗎？」

陳太太想想也對，這個結果的確千金難買，感激都來不及，何苦自尋煩惱？

此後，章小舫年年考試，年年不如意，可是不僅陳氏夫妻不在意，連遠在美國的章父章母也沒有一句苛責的話，那就有點兒耐人尋味了。

"小舫今年夏天又不能來美了。"章先生掛斷電話說。

"她就要上 11 年級了，看來只能待在國內上大學。"章太太答。

"這樣也好，她拿的是香港身份，考國內大學有優勢，再說……"

章先生話沒說完，但章太太是懂的，因為洗衣店經營得很辛苦，而章先生的事業又原地踏步，這個家很難有時間、精力和金錢去接納向來嬌生慣養的女兒，何況美國的大學學費高昂（而且年年飛漲），即使美國本地人也感覺壓力山大，那就不用說章氏夫妻了，如果哪個月能不借貸就萬分感謝了。

時間輾轉來到最緊鑼密鼓的高三，已經長得亭亭玉立的章小舫今日一踏進校園，一名年輕保安便用生硬的英語向她打招呼。

" Good morning." 她回覆，" 怎麼以前沒見過你？"

" 我是新來的，今天第一天上班。"

" 噢！那祝你今天過得愉快。"

以後，兩個年輕人都會在校門口寒暄幾句，直到某日下午，情況才有了變化。

" Hello." 保安喊住因參加課外活動而晚離校的章小舫，" 明天有空嗎？我想請妳看電影。"

" 明天是週六，上午我有馬術課，下午有家教上門，晚上我得練琴。"

" 那後天呢？後天是週日。"

「後天……我得問過Uncle和Auntie。」

「那算了，妳別問，他們肯定不會同意。」

回到家的章小舫仍覺得怪怪的，躊躇了一會兒後，她還是將此事道出。

「我很高興妳告訴我們這件事。」陳先生說，「放心，我很開明，年輕人看場電影沒什麼，只不過這週日我已經替妳安排活動了，怎麼也得等到下週。」

「對，」陳太太緊接著做補充，「後天的活動排得滿滿當當的，完全抽不出時間來。」

兩天過後的週一早上，章小舫告訴保安這個星期日可以與他看電影。

「真的？」保安欣喜若狂，「我太高興了！妳喜歡什麼類型的電影？我提前買票。」

「只要不是打打殺殺就行。」她看了一眼時間，「我進教室了，下午見。」

到了下午放學時間，原來的保安亭卻換上一位不苟言笑的中年大叔。

「你好，原來的保安呢？」章小舫問。

「不知道。」他停頓了一下，「妳有什麼事？」

「沒事，只是問一下。」

一連數天，章小舫皆沒見到原來的保安，心中不免有些困惑，但到了第二個禮拜，她便徹底忘了這個人，因為她與他認識不久，充其量不過是點頭之交。

章小舫可以忘了這個年輕保安，但對方卻忘不了她，因為正是這個女孩讓他吃足了苦頭。

時間回到那個週一的正午時分，校長對他說：" 你已觸犯我校規定，現在就辦理離校手續。"

走出校園的保安很鬱悶，他不明白為什麼請一個女學生看電影會觸犯校規？而讓他更意外的事還在後頭......

" 你是鄭萬州？" 一名壯漢攔下他問。

" 我就是，你是誰？"

" 我是被人請來教你如何做人的，你可以喊我老師。"

還沒等鄭萬州反應過來，拳頭便如雨點般落下，痛得他連連求饒。

" 嘖嘖嘖！你怎麼這麼不經打？還保安呢！" 壯漢輕蔑地說。

此時的鄭萬州身著便服，可是對方卻知道他曾是保安，加上今日被學校開除，鄭萬州心中了然了。

" 大哥，你饒了我吧！我跟那個女學生連朋友都算不上。"

" 既然算不上，幹嘛請人看電影？呵呵！你動機不純喔！"

" 不，不是這樣的，我......我保證不會再糾纏她，真的，我拿我父母的性命發誓。"

" 你最好說話算話，否則下回就沒那麼客氣了。"

針對該不該動粗這件事，陳先生其實也有過掙扎，如果對方是上層社會人士，他很樂於文鬥，但面對保安這個階級，他沒把握文鬥能奏效。思考良久後，陳先生還是決定用武鬥一勞永逸，可喜的是結果很令人滿意。

這段插曲發生後沒多久，某日，章小舫忽然告訴Uncle——Sean想請她看大年初一的賀歲片。

"哪個Sean?"陳先生問。

"Sean Bai，與我同級，B班的。"

原來是白律師的公子，陳先生心想這孩子知根知底，當然沒問題。

"可以，"他爽快地答，"記得晚上十點前到家。"

"好。"

章小舫答完，立即回房，因為期末考試將至，她得好好準備一下。

第八章 / 船到橋頭自然直

為了讓女兒就讀國際學校，章氏夫妻在她很小的時候就使用"鈔能力"換來香港身份，沒想到歪打正著，當章家陷入困境，而女兒必須留在國內時，這個身份無疑帶來了優勢（譬如很輕易就能考取名牌大學）。

然而章小舫最終並沒有利用這個優勢，反而選擇設計學院，主修服裝與服飾設計專業。

"小舫，妳確定不考慮北京大學、清華大學，甚至家門口的復旦大學？"陳太太問。

"不了，我從小就夢想當一名設計師。"

"那好，"陳先生接棒，"就按妳的想法去做。"

萬幸的是章小舫選擇了位於上海的設計學院，也就是說她依然可以住家裡，免去兩老的相思之苦。

與此同時，身在紐約的章父章母一聽說女兒考上國內大學，並且準備就讀時，心中大石應聲落地，他們原本已做好"接納女兒來美讀書"的二手準備，看來這個結果又給了兩口子4年的準備時間（好給女兒一個更好，甚至談得上驕傲的生活條件）。然而人算不如天算，就在離學院開學還有兩個月的時間，章小舫竟萌生到美國探親的念頭，同時還拉上陳先生和陳太太。

"太……太好了！"章先生嚇得打哆嗦，"我和妳媽也很想見到妳……你們。"

"那好，我們馬上著手準備。對了，Uncle和Auntie想知道家裡住不住得下？如果住不下，他們可以住酒店。"

"住什麼酒店？放心，家裡大得很，請他們放心前來。"

掛斷電話後，章先生如喪考妣。

"怎麼了？"章太太問。

"小舫想利用暑假來美探望我們，連同老陳夫婦，我讓他們全住家裡。"他答。

"你瘋了不成？"章太太睜大眼睛，"我們那個家連轉身都困難，這要如何住下五口人？何況老陳夫婦還身份尊貴，你是丟臉不嫌事大嗎？"

章先生長嘆一口氣，接著表示船到橋頭自然直，沒辦法也會想出辦法來。

"你還能想出什麼好辦法？"章太太露出生無可戀的表情，"無非打腫臉充胖子，你可別忘了我們已經負債累累了。"

不用老婆提醒，章先生也知道自己已經被架在火上烤，只是早死或晚死的差別而已。

就在兩人無計可施之際，章先生的頂頭上司解了燃眉之急（上司全家要到歐洲度假24天，上東區的別墅想找人看管，主要工作是防宵小闖入及照顧家裡的愛犬）。

章先生當然毛遂自薦。

" Thank you for your help. I will pay you $3,000 and I hope you won't disappoint me." 上司說。

就這樣，拿上3000美元的章氏夫妻搬進了上司的家（算是應驗了"船到橋頭自然直"那句話），並且花了好一番工夫熟悉屋內一切，包括後院那隻見人就齜牙咧嘴的土佐犬。

" 這裡什麼都好，就是狗太恐怖了，我很怕它咬人。" 章太太說。

"別擔心，狗我來照顧，妳就待在屋內。" 章先生答。

然而章先生還是過度樂觀，若不是他逃得快，早已被咬得皮開肉綻。

" 這下怎麼辦？" 章太太憂心忡忡地問。

章先生思考了一下，眼下也只能拿錢消災了。

果然在3000美元的誘惑下，某家寵物店接下了燙手山芋，再次化解危機。

"現在只要等囡囡和陳家二老到來，你說他們會不會看出破綻來？" 章太太問老公。

" 我已經把上司全家住過的痕跡全收進儲藏室裡，連同看起來值錢的玩意兒，所以應該萬無一失。"

"你忘了車庫裡的庫里南，許久沒開車了，你得找時間熟悉一下，免得到時候穿幫。"

"好，待會兒我們就開車兜風去，妳不是一直想看薰衣草嗎？我們今天就上長島去。"

當車子開上495號州際公路，放眼望去大多是平價車，只有他們坐的是要價50多萬美元的豪車時，章太太的內心五味雜陳。

章先生察覺到不對勁，提醒老婆得調整好心態，把自己當成真正的富家太太，否則別人很容易識破。

"知道了。"章太太忽然悲從中來，"我們是不是回不去從前了？"

章太太口中的從前當然指的是"好日子"的從前。

"胡說！幾天前妳何曾想過會坐在這輛車裡？所以別太快下結論。"

"嗯！你是對的，我要快快打起精神來，好迎接許久未見的女兒和幫了我們許多年的貴人。"

聽完，章先生釋然了，他邊減速邊下高速公路，一轉彎，長島已遙遙在望……

第九章 / 久別重逢

上司的家是一棟兩層樓的白色意式建築，共4房5衛，屋內以白、黑、褐、灰為主色。二樓有一個大平臺，可以遠眺伊斯特河，景色相當迷人……

"你看這衣服會不會大了點兒？"章太太對鏡左看右瞧，"如果再長胖10斤，估計這衣服就撐起來了。"

章太太不說則已，一說，章先生內疚不已，因為來美後，他太太瘦了不止20斤，估計是被生活所累。

"親愛的，妳看起來好極了，就像貴婦一樣。"章先生說。

"還貴婦呢！"章太太睨了老公一眼，"跪著的婦人倒是真的，我現在已經被現實磨得沒脾氣了。"

章先生答那樣最好，他可不想小舫遠道而來，看到的卻是一隻母老虎。

"你說誰母老虎？"章太太抓起梳妝檯上的香水作勢要扔，但還是理智放下，"不，不能扔這個，扔了就難辦了，到時候還得賠錢。"

其實不止香水，連同章太太身上的華服和首飾也是上司太太的。

（註：真正昂貴的首飾已被屋主上鎖或者放進保險箱內，但還是有幾件放在衣帽間的展示櫃裡。饒是如此，已經足夠章太太作為應急之用。）

就在夫妻倆說話的同時，屋內其他地方卻悄然無息，安靜得出奇……

話說章太太也曾有過疑問——這麼大一棟屋子怎麼沒請傭人和園丁？

她老公（依據這幾年與洋人打交道的經驗）給出的解釋是——美國人工昂貴，即使有錢人也要掂一掂自己的荷包，如果女主人又恰好主內，多半會親力親為，了不起再請個鐘點工。

"難怪你上司要付我們錢，原來打掃的工作都落在咱倆身上，這是勞務費啊！"

章太太嘴上抱怨，但心裡是清楚的——好在這家人沒請傭人和園丁，否則她和老公的"騙局"就無法展開了。

"好了嗎？"章先生問，"還有兩個小時飛機就要降落了。"

"好了好了。"章太太的目光忽然落在老公的領帶上，"你的領帶歪了。"

在章太太的巧手下，章先生的領帶終於"歸正"。

"可以走了嗎？"他再次問。

"嗯！"她猶豫了一下，"不瞞你說，我緊張得全身發抖。"

"別緊張。"章先生拍拍老婆的肩膀，"見的是自己人，有什麼好緊張的？"

章先生要老婆別緊張，其實他也很緊張，直到接機口走出來似曾相識的人兒，他才強迫自己鎮定下來。

"姆媽！"章小舫首先投入母親懷裡，接著再投入父親懷裡，"阿爸！"

章氏夫妻從未像此時此刻般如此激動，想當初離國赴美，女兒還稚氣未脫，如今卻長身玉立，宛若出水芙蓉，不禁感嘆歲月如梭……

跟在章小舫身後的陳氏夫妻也一一與多年未見的老友握手問好。

"看！我們把你們的女兒照顧得多好，一點兒也沒虧待她。"陳先生樂呵呵地說。

"那還用說，比我們自己照顧得還好，我怕小舫會想換個爹媽。"章先生答。

"阿爸，"章小舫嘟著嘴，"你怎麼這麼說話？Uncle還以為你不要我了。"

此話一出，四位大人如臨大敵，他們異口同聲地表示只是開個玩笑，要小舫別胡思亂想（可見這四人有多寶愛這個女孩）。

見章小舫已被安撫好，陳太太對章太太說："許久未見，妳怎麼瘦了那麼多？是不是有什麼減肥偏方？"

"哪有什麼偏方？"章太太答，"減肥最重要的是管住嘴、邁開腿。我現在跟著營養師吃減脂餐，還和私人教練學練普拉提，看來效果不錯。"

因為這個減肥話題，兩個久未謀面的女人又重拾往日的熱情。

"時間不早了，"章先生說，"我們先去吃個宵夜，再回家休息。"

"你車停哪兒了？"陳先生問。

"停車場，不過路有點兒遠。這樣吧！你們跟我太太走到打車處，我去提車，咱們待會兒見。"

後來的發展就像章先生預想的一樣，大家高高興興地吃宵夜，又高高興興地回上東區的"家"，第一天的接機盛事就這麼圓滿落幕了。

第十章/蒙混過關

"今晚的宵夜花了多少錢？"已經上床的章太太問老公。

"三百多。"

"三百幾？"

"398。"

章太太被當頭一棒，怎麼吃個粥也要花那麼多錢？

章先生立即表示粥是龍蝦粥，飯是蟹肉炒飯，其他還有油爆帶子、鍋燒桂花魚、乾煎龍利和虎平雞爪。

"我知道我們吃了什麼，但也不用那麼貴啊！咱們是不是被騙了？"

"妳忘了我們還開了一瓶五糧液，光那瓶就要一百四。"

聽到這兒，章太太無語了，398元是他倆半個月的伙食費，如今一餐就花掉這麼多，而接下來還有十多天，這要如何應付？

"我們是不是該去搶銀行？"章太太生無可戀地問。

“不用搶，我又申請了1張信用卡，應該能應付此次危機。”

每當這個家有經濟困難時，兩口子首先想到的便是申請信用卡（可以拆東牆補西牆），現在手頭上已經有十多張，如今章先生又申請1張，章太太已經什麼話都不想說了。

“放心，船到橋頭自然直。”章先生安慰她。

“你就只會這一句，能不能換個說法？”章太太問。

“換個說法就是別作繭自縛，橫豎這個錢都得花，妳何不享受花錢的樂趣？”

真是一語驚醒夢中人！打從來美後，章太太每天都在跟生活搏鬥，日常花銷也壓縮到最低，連買一雙拖鞋都要糾結半天，如今就像她老公所言，反正要營造富足的假象，何不放開束縛，好好享受花錢的快樂？

“你是對的，我聽你的。”章太太停頓了一下，“我以為我們已經申請不了更多的信用卡。”

“這次我是以洗衣店的名義申請的。”章先生解釋，“公司卡有更高的消費上限和更長的免息還款期，你和我都是持有人，明早我給妳一張。”

由於章先生白天還得上班，大部分的接待工作自然落在章太太的頭上（還好她是老闆娘，“短暫”離開收銀崗位還不致於出亂子）。就這樣，章太太拿著一張在她看來“無上限”的信用卡刷遍大大小小的景點和餐飲店，甚至還給心愛的女兒買了一條梵克雅寶的四葉草項鏈。至於陳氏夫妻，自然也不能冷落——鱷魚皮皮夾給了陳先生，阿瑪尼的護膚品套裝則給了陳太太。

“明天小舫和客人就要回國了，傷心不？”已經上床的章先生問老婆。

"嗯！"

"送機時可別一把鼻涕一把淚。"

"知道了。"

然而說是一回事，做又是另一回事，章太太真正詮釋了什麼叫"十八相送"，哭得那叫個慘兮。

待人都進關後，章先生不解地問老婆："小舫又不是從此見不著了，何必哭得如此傷心？"

"我哭我的，又礙不著別人，你讓我獨處幾分鐘，好伐？"

章先生走開後，章太太又掉下幾行淚，因為與女兒和客人道別後，代表她的"好日子"沒了，接下來又要面對坑坑巴巴的現實，除了應付日常開支，還有一大筆債務要還，尤其最近十幾天瘋狂消費，她已經沒有勇氣去查看明細，更害怕自己的老公某時某刻會發現"天價賬單"，那壓力可想而知，難怪章太太會克制不住情緒，讓淚水恣意橫流。

另一廂，回到上海的陳氏夫妻迫不及待地有了床前談話。

"我看小舫的父母變了很多。"陳太太說。

"何以見得？"她先生問。

"那麼大一棟房子也沒請傭人，還有，你見過章太太的手沒？都長繭了。"

"也許國外就時興自己幹家務，不過我同樣也有疑問——老章說自己在華爾街工作，可是卻坐地鐵上下班，理由是支持環保，可是他載我們出行時卻開車，怎麼這會兒又不用環保了？另外，他說自己年收入百萬美元，可是連塊像樣的錶都沒有，腳上穿的還是幾年前的舊款。"

這對夫妻交流的結果是——小舫的父母到了國外就變低調了（壓根兒就沒往"兩夫妻已經窮得叮噹響"的方向想去）。

那麼章小舫又是怎麼看的？

雖然她父母很小心翼翼，但她還是察覺到有些許不同，譬如母親的穿衣風格和父親偶爾流露出的疲憊與愁容，不過也僅此而已。

果然章氏夫妻又再度"船到橋頭自然直"（保住了過去的榮光與顏面），這或許是諸多風風雨雨中偶爾的放晴吧？！

"老天爺！請讓我們停止負債吧！除了這個，我已別無所求了。"章太太忍不住向上蒼祈禱著。

第十一章 / 劉夢菲

經過大一的洗禮，時間很快來到大二。某日，教創意設計素描的教授對她說：" 章小舫，妳的設計稿畫得不錯，就是有點兒小問題。"

" 哪裡有問題？" 她問。

" 一時也說不清，中午妳來停車場找我，我給妳好好講一講。"

" 停車場？"

" 嗯！我得趕下午的座談會，時間上比較緊迫。"

章小舫表示既然時間上不允許，改天再談也行。

" 不，妳的問題雖然是小問題，但拖得越久越不利，咱們何不馬上把它糾正過來？"

聽完，章小舫總感覺哪裡不對勁，她和他怎麼就成了 " 咱們"？

待教授離開後，躲在走廊角落好一會兒的學姐立馬走過來，問：" 何教授找妳幹嘛？"

“他說我的設計稿有點兒小問題，讓我到停車場找他。”

“又來了！”學姐翻了翻白眼，“就不能換點兒新花樣？”

章小舫問這是什麼意思？於是學姐在她耳邊說悄悄話。

“不會吧？！”章小舫睜大眼睛，“這裡是學校，就算是停車場，那也是公共區域。”

“愛信不信，反正我已經把話帶到，妳若不怕死就去。”

因為學姐的警告，章小舫在去與不去之間猶豫不決，還好關鍵時刻她想起了Auntie（眼下也只有她可以傾訴了）。

陳太太一聽說她的心肝寶貝“有可能”被染指，立即進入警備狀態。

“小舫，千萬別去停車場，我現在就過去處理，妳等我的消息。”陳太太說。

“食堂能去嗎？”她怯怯地問。

“可以，別餓著，下午的課也正常上，就是別見何教授。”

當天，章小舫從中午等到下午四點半才收到Auntie的留言——事情已搞定，我在停車場等妳，待會兒一起上國金吃飯。

半小時過後，章小舫果然見到Auntie。

“何教授怎麼說？”她一上車就問。

“他說他要到別的城市教書。”

“真的？為什麼？”

“哪有那麼多為什麼？可能是他個人的原因吧！譬如為了更好的收入。”

章小舫還是不相信，陳太太遂要她別多想了，那是別人的事，如果每一件都要拿出來追根究底，自己的生活還要不要過？

"也是。"章小舫停頓了一下，"老實說，如果真如學姐所說的那樣，我倒寧願何教授趕緊消失。"

"不談了，不談了，反正麻煩已經遠離了。"陳太太將方向盤一轉，"對了，妳的那位學姐叫什麼名字？"

"她叫劉夢菲，劉備的劉，做夢的夢，加菲貓的菲。"

陳太太邊開車邊琢磨，最後下了個決定——邀請劉夢菲到會所來。

"妳想請她吃牛排？"章小舫問。

"嗯！咱家的牛排只請尊貴的客人，她幫了那麼大的忙，怎麼也得表示一下。"陳太太答。

"那好吧！我明天問問她。"

誰成想當章小舫和陳太太坐下來吃火鍋時，何教授與劉夢菲正吵得不可開交。

"為什麼搞我？"何教授火冒三丈，"這對妳有什麼好處？妳還想不想有好成績？"

"我也不知道章家有這麼大的勢力，何況這事也不能全怪我，是你說我是你最後一個女人。"

何教授能爬到這個位置相當不容易，現在正是享受成果的時候，豈料卻被兩個小賤貨給掀了遮羞布。

"妳......"何教授指著劉夢菲，"妳和那個章小舫會有報應的，我就等著看妳倆的笑話。"

對於劉夢菲來說，自從大二那年被何教授性侵後，她也曾有過掙扎，最後還是自己與自己和解——橫豎已是何教授的人了，她能做的便是從這個人身上榨取最大程度的利益，譬如進學生會、領取獎學金和獲得好評推薦信（方便日後就業或出國留學）等。然而才兩年的工夫，這禿頂老頭兒又看上更新鮮的，是可忍孰不可忍？

當劉夢菲還在為"錯失可利用的棋子"而懊惱時，章小舫的邀請給她帶來了希望。

"妳說妳Uncle和Auntie要請我吃飯，為什麼？"她問。

"感謝妳讓我遠離麻煩。"章小舫答。

劉夢菲當然清楚所謂的麻煩指的是什麼。

"那妳爸媽呢？"她又問。

"我爸媽在美國，一直都是Uncle和Auntie照顧我。"

傳言章小舫就讀國際學校，拿的是香港身份，如今看來，她的家境確實比劉夢菲想像的還要好。

"行，到哪兒吃飯？"她三問。

"我Uncle的會所。"

"妳Uncle還有會所？"

"他是商會主席，當然有會所。"

聞言，劉夢菲全身上下的細胞都在沸騰。

"那好，什麼時候？"

"週五晚上七點，我Uncle和Auntie會來學校接我們。"

因為這個邀約，劉夢菲興奮了好幾個晚上，這是她人生中千載難逢的機會，無論如何都得好好把握。

時間很快來到星期五的晚上，地點正是XX會所。

"劉小姐，這是我們會所的招牌，妳嚐嚐就知道。"陳先生熱情地招呼客人用餐。

劉夢菲優雅地切下一小塊放入嘴裡，當舌頭觸碰到食物的那一刻，她兩眼發光。

"太⋯⋯太好吃了！簡直入口即化，這是我吃過最棒的牛排。"她說。

"哈哈！這還得感謝我夫人，是她手把手教廚子做的。"

陳先生話一答完，陳太太立馬更正——是某個蕙心社太太傳授的廚藝，她不過是照搬過來。

看劉夢菲露出迷惑的表情，章小舫解釋蕙心社是一幫太太們設立的，平常就是聚餐、唱歌、插花或打打高爾夫，偶爾也會做公益。

劉夢菲心想——這不就是富太太們的聚會嗎？還搞出個某某社，不清楚的還以為是什麼了不起的組織呢！

雖然心底蔑視，但劉夢菲表現出來的卻是恭維，還說如果自己也能加入蕙心社就好了。

"不行，"章小舫立馬潑來冷水，"妳得是商會成員或商會成員的老婆才能加入。"

劉夢菲被懟得啞口無言，還是陳先生出手相助。

"劉小姐還年輕，也許過個三、五年也能加入商會，到時候我太太還得向妳請教呢！"他說。

話說得很動聽，可是當劉夢菲望向陳太太時，後者卻低頭喝茶，不置一語。

這冷淡的身體語言激起劉夢菲的好勝心，她下定決心一定要讓陳太太高看她，甚至做到平起平坐。

"陳先生客氣了，"她答，"哪天我若加入商會，肯定是我先向陳太太取經。"

話都說到這個份上，此時的陳太太也不得不虛應一下，這讓劉夢菲多少有扳回一城的勝利感。

就這樣，一場看似融洽的聚餐在談笑風生與觥籌交錯間圓滿結束了，殊不知另一場風暴正在形成……

第十二章／惹火上身

陳太太見到劉夢菲的第一印象是——這女孩不簡單，她的小心肝恐怕要吃虧了。

懷著這個偏見，陳太太自然表現冷淡，心思縝密的劉夢菲又怎會感受不到？只不過她比較圓滑，沒有當場甩臉子。

這兩個女人的隔空較量，陳先生和章小舫皆沒瞧出來，加上後兩者似乎並不反感劉夢菲，這給了劉夢菲一個空子——雖然在陳太太這邊踢到鐵板，但日後依舊可以通過章小舫接觸到陳先生，從而達到階級跨越的目的。

當劉夢菲正處心積慮地謀劃時，那邊廂的陳太太卻毫無知覺，因為她壓根兒就沒把這個才二十歲初頭的女生放在眼裡……

就在聚餐後的某天，陳太太對章小舫說：“下週酒會妳也一起去吧！”

“酒會？不好吧？！那些人講的話我都聽不懂，去了多尷尬！”她答。

“誰讓妳聽懂了？只要笑一笑，再讚美一下對方的見解就行了。”

“那多無聊！我寧願待在家裡畫畫。”

陳太太之所以讓章小舫跟著一起出席，除了美麗的她能讓酒會熠熠生輝外，還想將心肝寶貝往名媛的方向推去（以前章小舫尚年幼，陳太太的小心思只能暗藏心底，如今小女孩已長成大姑娘，是時候昭告天下了）。

“小舫，”陳太太將聲音放柔，“Auntie能跟妳講幾句心裡話嗎？”

“當然，妳講我聽。”

陳太太邊整理章小舫的衣領邊說：“妳已是個小大人了，應該抓緊機會露臉，那些叔叔阿姨們雖然未必說得上話，但他們見多識廣，關鍵時刻能拉妳一把，所以別抗拒這樣的聚會，何況與會人士也並非全是上了年紀的，也有像妳一樣的年輕人參加。”

章小舫稍微考慮了一下便同意了，因為陳家經常大宴賓客，就當是參加家宴得了。

“太好了！我就知道小舫最懂得體貼人，是我的小棉襖。”陳太太愛憐地說。

講到小棉襖，陳太太一度想收章小舫當乾女兒，可惜遠在德國的兒子不同意，因為這牽扯到遺產利益。既然兒子反對，陳太太只好把愛意以別種形式表達（譬如幫她覓個好婆家），也不枉這百年一遇的好緣分。

回到劉夢菲，聚餐過後，她把章小舫當成了自己人，不僅想方設法如影隨行，連買奶茶也會特意買兩杯，就差將對方綁在自己的褲腰帶上；反觀章小舫，她屬慢熱型，但在學姐的主動套近乎下，久而久之，她也當她是密友，所以當陳太太要她參加商會舉辦的勞動節酒會時，自然說了一嘴。

“酒會？那就是喝酒的聚會囉！長這麼大，我還沒參加過酒會呢！”劉夢菲滿懷期待地說。

“也不一定要喝酒，果汁汽水也會有，不過那種聚會很無聊，妳不會喜歡的。”

劉夢菲怎麼可能聽得進去千金小姐的“一面之詞”？她打算親自體驗一把，自然希望章小舫成全。

“可是參加酒會得有邀請函，我怕妳進不去。”章小舫說。

“所以才要妳帶啊！妳是商會主席的親侄女，保安不會攔妳的。”

其實章小舫和陳家完全沒有血緣關係，但她不想多做解釋，只一再強調行不通。

“那好吧！我不去了。”劉夢菲爽快地答，“對了，妳不是說打版出問題，不知道如何將立裁轉平面嗎？走！我教妳。”

當章小舫終於完成作業時，她的想法也隨之改變。

“真的？妳真的願意帶我參加酒會？”劉夢菲故作驚訝狀，“天哪！妳真是個天使，我愛死妳了。”

語罷，劉夢菲不僅擁抱了章小舫，還在她的臉頰上留下一個吻痕，這讓章小舫多少感到不適，下意識往後退了一步，說：“酒會在週六舉行，晚上6點入場，我會在會所門口等妳。”

劉夢菲去過會所，這個星期六也沒安排活動，出席完全沒問題，於是當場拍板敲定。

陳太太一聽說劉夢菲也會出席酒會，臉立即垮了下來，理由是——那麼高檔的聚會卻混進阿貓阿狗，這成何體統？

"Auntie，" 章小舫開始撒嬌，"學姐協助我完成作業，她想參加就讓她參加唄！反正又沒有什麼損失。"

"妳這孩子太單純了，蛀蟲都是先從最微不足道的地方啃起，我們得防微杜漸啊！"

"學姐不是蛀蟲，而是益蟲，她幫了我很多，何況我已經答應下來，現在反悔，我怎麼說得出口？"

陳太太想了想，答："這次就算了，下次得先問過我，懂嗎？"

章小舫立即點頭如搗蒜。

其實陳太太之所以"網開一面"，不是因為心軟，而是想藉此機會釜底抽薪，徹底斷了那個窮女孩的念想。

到了酒會這一天，劉夢菲端著香檳，像隻花蝴蝶一樣地到處刷存在感，陳太太感覺是時候掃除禍害了。

"劉小姐，妳這身衣服太漂亮了，是在哪兒租的？" 陳太太當著一幫富太太的面問。

"這是我做的，不是租的。" 劉夢菲不無驕傲地答。

"那麼以後我和我的朋友們可不可以請妳製作衣服？" 陳太太亮出無形的匕首，"就像那些裁縫師一樣。"

後面那句一下子就將劉夢菲打回原形。

"當然可以，" 劉夢菲皮笑肉不笑，"不過章小舫恐怕不會太開心。"

"為什麼她會不開心？" 陳太太進一步問。

劉夢菲本想倒打一耙，把章小舫拿來當墊背，但當看到陳先生走過來時，她改變策略了。

"我只是個努力想融入城市的鄉下姑娘，萬一手拙，製作出不合時尚風格的衣服，不僅自己丟臉，章小舫也會覺得很沒面子，因為是她間接給了我這個機會，而我卻搞砸了。」

「妳太客氣了。」陳先生突然開口，「設計學院的高材生能差到哪裡去？我太太若能請得動妳製作衣服，那是她的福氣。」

陳太太很不高興被自己的老公扯後腿，正想扳回局面時，劉夢菲出手了。

「我的畢業作品恰好是製作一件晚禮服，如果陳太太不嫌棄，可以當我的模特兒，等打完成績，那件晚禮服就送給陳太太，不收錢的。」

「那怎麼可以？」陳太太掩嘴淺笑，「不知道的人還以為我白嫖了一件衣服。這樣吧！那件晚禮服就當是我買的，妳可以盡情發揮。」

見結局皆大歡喜，眾人紛紛點頭，這也包括心思簡單的章小舫。

「太好了，學姐，這下子妳有錢買卡西歐了。」她說。

「沒錢買卡西歐」不過是劉夢菲開的玩笑（雖然她也真的沒那個閒錢），目的是嘲諷過度溢價的奢侈品，沒想到此時此刻會被章小舫曝出來，劉夢菲感覺臉上無光，遂找了個藉口上洗手間，等出來時，她驚喜地發現最想見到的人就立在眼前。

「妳還好吧？！需不需要解酒藥？」陳先生關心地問。

「不太好，頭很疼。」她揉揉太陽穴，「都怪我太貪杯了，如果我不喝那麼多酒就沒事了。」

「既然頭疼，那麼到會所的休息室躺一下，等酒會結束後，我會派人送妳回宿舍。」陳先生說。

「那太麻煩你了。」

"哪裡，小舫的客人就是我的客人，照顧客人是主人的職責所在。"

就這樣，劉夢菲被陳先生帶到休息室休息，只是走出房間的陳先生卻神情慌張。

"你上哪兒去了？找你找半天了。"陳太太一見到老公就吐槽。

"我……我上廁所去了。"

"上廁所？"陳太太仔細觀察老公，"你是不是哪裡不舒服？怎麼臉這麼紅？"

"我……我的頭有點兒暈，可能發燒了，也許吃點兒退燒藥就會沒事。"

陳太太還真找來退燒藥讓老公服下。

"好點兒了沒？"陳太太問。

才剛服完藥，就算是神仙妙丹，藥效也沒那麼快，但陳先生還是回答好多了。

"咦！那個姓劉的女生上哪兒去了？怎麼也老半天不見人影？"

陳太太忽然提到劉夢菲，用的還是"也"字，讓陳先生很心虛。

"不知道。"陳先生很快地答，"對了，廖總來了沒？"

"早來了，他也在找你。"

"那我們過去跟他打聲招呼吧！"

陳先生成功轉移老婆的注意力，同時也保住了不久前發生在那個小房間裡的祕密，這意味著無人知道真相，除了當事人。

"如果今天是陳先生送我回宿舍，那代表有戲了。"躺在沙發上的劉夢菲忍不住幻想著，嘴角不自覺地往上揚。

"如果今天是陳先生送我回宿舍，那代表有戲了。"躺在沙發上的劉夢菲忍不住幻想著，嘴角不自覺地往上揚。

第十三章／蜘蛛精和盤絲洞

陳先生果然親自送劉夢菲回宿舍，只不過跟她想的完全不一樣。

"你的意思是要我忘了，當一切從未發生過？"劉夢菲生氣問道。

"我說了，我很抱歉，如果這件事傷害到妳，我願意補償，只要妳開口。"

就在兩個多小時前，陳先生帶劉夢菲到休息室休息，結果劉夢菲"忽然"在沙發前腿軟，陳先生只能抱住她，哪知重心不穩，雙雙跌入沙發……

"還想跑？"劉夢菲一把糾住他的衣領，"你打算吃乾抹淨？"

"放手！"陳先生喝道，同時試著去解開那隻緊握的手，"妳醉了，不知道自己在說什麼。"

"也許我不知道自己在說什麼，但你知道自己在說什麼嗎？你明明有生理反應。"

這下子陳先生慌了，他用力推開這個只比小舫大2歲的女生，落荒而逃。

在陳先生看來，此事乃意外，何況也沒真的發生什麼，只要在回宿舍的路上將事情說開，就能避免不必要的誤會與麻煩。

視線回到車內，劉夢菲進一步追問陳先生所說的補償指的是什麼？

"錢、禮物或其他，什麼都可以。"他答。

劉夢菲早想來趟歐洲行，不過她並沒有被眼前可能會有的小恩小惠衝昏頭，她清楚地知道像陳先生這樣的人，就該放長線釣大魚。

"不需要補償，我醉了，你也是，咱們就當什麼事都沒發生吧！"她答。

陳先生萬萬沒料到結局竟是如此，再三確認後才肯相信。

"謝謝妳的大度，以後若有事需要幫忙，請儘管來找我。"他說。

"一個22歲的大四女生能有什麼事？陳先生您過慮了。"

話是這麼說沒錯，但兩個禮拜過後，"劉夢菲被陳太太趕出家門"一事還是傳到陳先生耳中，而他也沒有辜負對方，立即"仗義執言"——劉夢菲只是按約定上門量尺寸，沒必要不留情面。

"誰稀罕她的破禮服？我那天不過是隨便說說而已，誰知道她竟當真了。"陳太太答。

"人家又不是妳肚裡的蛔蟲，怎會知道妳說真說假？"

"咦！你今天怎麼老替她說話？還有，你是如何知道此事的？莫非她跟你告狀？說！你倆是不是眉來眼去很久了？」

這讓陳先生從何說起？事情是章小舫無意間透露的，壓根兒不關劉夢菲什麼事，可是不管陳先生怎麼解釋，陳太太就是不信。

「妳冷靜冷靜，我上酒店住一晚。」陳先生說（打算冷處理的意味濃厚）。

「你敢？！只要走出這個家門，你就別想回來！」陳太太齜牙咧嘴地恐嚇著。

然而陳先生還是毫不猶豫地推門而出，留陳太太在夜裡獨自飲泣。

「Auntie，妳怎麼了？」聞聲而來的章小舫問。

陳太太正愁無人訴苦，抓住章小舫就是一陣輸出。

「不會的，Uncle不是這樣的人，學姐也不是。」

「怎麼不是？我看人很準的，那個姓劉的就是蜘蛛精轉世，妳Uncle就要被纏在盤絲洞裡了。」

章小舫從小就讀國際學校，英語課程排得比中文課程還多，難怪此時此刻的她會一頭霧水，不知Auntie講的蜘蛛精和盤絲洞究竟為何？但她依然選擇當一朵解語花。

「小舫，也只有妳對我好，我是上輩子燒高香，這輩子才會遇見妳。」陳太太無限感慨地說。

「其實Uncle和陳哥哥對妳也很好，只是他們不懂得表達而已。」章小舫替陳太太蓋好被子，「我去熱杯牛奶，聽說溫牛奶有助睡眠。」

「謝謝妳，小舫。」

「哪裡，這是我應該做的。」

將溫牛奶遞給陳太太後，章小舫回到房間，好巧不巧，劉夢菲這時候打來電話，問她在做什麼？

"我Auntie心情不好，我剛安撫好她。"章小舫答。

"妳Auntie為什麼心情不好？"

於是章小舫一五一十地告知，末了還問學姐什麼是蜘蛛精和盤絲洞？

劉夢菲聽在耳裡，樂在心裡，但仍不忘反問章小舫為什麼提到蜘蛛精和盤絲洞？

"我Auntie誤會妳和我Uncle有事，還提到蜘蛛精和盤絲洞，我聽不懂，所以讓妳給我講講。"

"蜘蛛精和盤絲洞就是……糟了！我忘了收洗衣機裡的衣服，再不去，我會被罵到臭頭，拜了。"

其實劉夢菲並沒有忘了收衣服，而是她不願承認自己就是那隻害人的蜘蛛精。再說，此時此刻不是與"傻白甜"糾纏的時候，她得趕往酒店，好跟陳先生來個不期而遇。據章小舫猜測，她Uncle入住的應該是黃浦江邊的R酒店，因為高級會員住宿有雙倍積分（能升級房型或換禮物），還能享用行政酒廊的迎賓酒，她Uncle應該不會錯過這些福利。

得到情報的劉夢菲很是興奮，畫完精緻妝容便出門，殊不知此行將徹底改變她的命運……

第十四章 / 到嘴的肥肉

夜裡的黃浦江畔五光十色，一邊是萬國博覽建築群，另一邊則是現代化高樓大廈，兩岸耀眼的燈光與河中七彩的觀光船構成了上海最美的夜景，到處透露著紙醉金迷的氣息。

此刻，腳踩高跟鞋的劉夢菲正逕直走向富麗堂皇大廳的最深處。

"您好，我是商會主席陳文夕的祕書，有份文件想親自交給他，您能告訴我房號嗎？"劉夢菲禮貌問道。

"很抱歉，我們不能透露客人的房號，您何不打他手機，讓他親自下來取？"酒店前臺答。

劉夢菲的內心嘀咕著（我若知道手機號，何必麻煩妳？），但表現在外的卻是落落大方。

"好的，那麼您方便告訴我行政酒廊在哪一層嗎？"她遞過去一張星巴克代金券，"也許我和我的老闆能在那裡見面。"

"行政酒廊在23層，"酒店前臺的工作人員收下代金券，"我相信您的老闆也會上行政酒廊。"

當陳先生接到前臺打來的電話時，著實有些懵，因為現在已是夜裡近11點鐘，她的祕書很少在這個時間點找他，甚至還找上酒店（她是如何知道他投宿這家酒店的？）。

在強烈好奇心的驅使下，陳先生沒撥打電話核實就直接上行政酒廊，祕書沒見著，反倒遇上一個意料之外的人。

"劉小姐，妳怎麼在這裡？"陳先生問道。

"噢！"劉夢菲故作驚訝狀，"是陳先生，你怎麼也在這裡？"

"我找我祕書呢！"

"坐，"她指向對面座位，"也許你祕書上洗手間去了。"

陳先生想想也對，於是坐了下來，此時服務員遞上一張酒單，他點了一杯白蘭地。

"這裡的酒挺貴的，"她吐了吐舌頭，"我點了一杯藍色瑪格麗特就要150元。"

"沒事，到時候我買單......呃！事實上也無需買單，我是高級會員，可以帶一位客人免費飲酒。"

"那太好了！我正想買醉。"

陳先生想當然爾地問為什麼想買醉？劉夢菲便把早已擬好的腹稿唸出來，果然達到想要的效果。

"原來妳過得這麼苦，上課之餘還得在酒吧駐唱，難怪今晚妳打扮得如此妖嬈。"

"我也不願意啊！但不這麼打扮，飯碗就保不住了。"

"對了，妳還沒告訴我為什麼上這裡來？"

"說來話長，今晚酒客鬧事，酒吧老闆讓我避一避。我也是缺心眼兒，竟然到這麼高檔的地方消費，如果不是遇見您，我一晚的駐唱費就沒了。"

陳先生沒料到酒吧駐唱員的工資會這麼低，他還以為收入頗豐呢！

"既然出外散心，也別餓著肚子，我給妳叫點兒東西吃吧！"陳先生說。

"那怎麼好意思？"

"沒事，反正也沒多少錢。"

於是這一老一小在昏暗的燈光下邊吃喝邊擺起了龍門陣，也正因這次談話，劉夢菲得知章小舫與陳家毫無血緣關係。

酒過三巡後，烈酒的後勁很快顯現出來，陳先生感覺快撐不住了，不得不告辭。

"你就住這裡，有什麼好趕的？大不了我送你回房間。"劉夢菲說。

"那不好。"

"你是不是嫌棄我？"

陳先生當然否認，於是劉夢菲岔開話題，繼續天南地北地聊。幾番來回，陳先生終於不支。

"陳先生，你聽得到我說話嗎？"劉夢菲問。

此時的陳先生已在九霄雲外，哪還能聽到劉夢菲的問話？

見事情的發展全照自己的計劃來（她沒料到商會主席會

這麼好騙，看來她高估他了），劉夢菲恨不得仰天大笑。

次日一早，尚睡眼朦朧的陳先生看到衣衫不整的劉夢菲就躺在身邊，嚇得六神無主，還因此打翻了床頭櫃上的枱燈。

"這……這是哪裡？"聞聲醒來的劉夢菲邊問邊從床上坐起，原本還掛在身上的胸罩因這個動作而滑落下來。

見狀，陳先生下意識撇過頭去，而劉夢菲則尖叫一聲，接著躺回被窩哭泣。

"別……別哭。"陳先生捂住頭，"這是怎麼回事？讓我好好想一想。"

這一想，他憶起自己上行政酒廊找祕書，結果祕書沒找著，反而跟劉小姐喝了一晚的酒，連最後是怎麼回房間的都沒印象。

"劉小姐，我會給妳一個交代的。"陳先生對床上的女人說。

"你怎麼交代？嗚嗚嗚，我還是個黃花大閨女，第一次就這麼被你奪走了。"

陳先生暗啐一聲——怎麼就睡了個處女？這運氣也太背了！

"聽著，"他說，"我現在心好亂，待會兒還有個重要買賣要談，等我把公事辦完，回頭一定給妳一個滿意的交代，妳看這樣行嗎？"

劉夢菲拭去眼角的淚水，乖巧地點頭。

"那好，妳去上課，我去上班，咱們今晚就在這個房間見，我來安排。"

"嗯！"劉夢菲又點頭，"你不會放我鴿子吧？！"

“不，不會的，我不是那樣的人，對了，”他拿出手機，“我加妳微信。”

劉夢菲求之不得，立即起床找手機，曼妙的身材一覽無餘，陳先生再次撇過頭去。

加好微信後，陳先生立即找了個藉口開溜，連梳洗一下都沒有。

重回床上的劉夢菲還在為接下來的進展做沙盤演練，手機突然發出提示音，她低頭一看，原來陳先生給她的微信轉賬了10，000元，備註欄上寫著“置裝費”。

“哈！我不過是扯掉上衣的幾粒鈕釦，這老頭兒竟然給我一萬塊錢的置裝費，不啃這塊肥肉都對不起我自己。”她喜上眉梢，“不知今晚還會有什麼驚喜出現，我等不及要揭開謎底。”

第十五章/追悔莫及

陳先生今日的商務談判很成功，不出意外的話，這單能讓公司進賬兩億多元，然而此時此刻的他卻一臉愁容。

“陳總，中午需要幫您點外賣嗎？”他的祕書問。

陳先生對吃不講究，食堂裡的食物也能接受，可是今日的他有心事，不想待在人多的地方。

“幫我點個叉燒飯加鴛鴦奶茶吧！”他說。

“好的，還需要別的嗎？”

“不需要。”他忽然電光一閃，“對了，昨晚怎麼不見妳？我在酒廊等妳等了老半天了。”

祕書一頭霧水，反問她應該出現在酒廊嗎？

“莫非酒店前臺搞錯了？”他喃喃道，“算了，妳忙妳的吧！”

人走後，陳先生並沒有進一步追根究底，因為他捅出的妻子已經夠讓他心煩意亂了。

到了下班時間，陳先生終於擬好說辭，他相信劉小姐應該會接受……

"我不接受。"劉夢菲答。

"為什麼？這個條件不差，如果妳有其他想法，不妨提出來。"

陳先生給的方案是20萬元現金，外加一輛十萬元的車（也可抵現金）。

"你怎麼這麼俗？開口閉口都是錢。實話告訴你，我很早就有將貞操獻給丈夫的想法，如今你奪走了它，這個損失無法用金錢或其他物質來彌補。"她說。

"那怎麼辦？生米已經煮成熟飯了。"

"只要你是我的另一半即可，這並不違背我的原則。"

陳先生感覺很不可思議，首先，他比她大上三輪不止，當她祖父綽綽有餘；其次，她未婚，但他已婚，雖然老婆不總是盡人如意，但也沒想過要背棄她；其三，因為一次失身就把下半輩子也搭進去，在他看來有欠考慮。

"聽著，妳要什麼都可以，偏偏這個行不通，妳還有大好人生，不應該被一個老人拖累。"

"那怎麼辦呢？我就喜歡年紀大的。"她欺身而上，"你也喜歡我，對吧？"

陳先生已到了耳順之年，看見漂亮的小姑娘偶爾也會起色心，但從未行動過，此次與劉小姐產生交集純屬意外，不在他的預謀中。

"劉小姐，請自重。"他推開她，"妳父母若見著了，會有多傷心。"

"你這句話不是應該在侵犯我之前說？現在才說，你讓我感覺自己好下賤！"

陳先生怎麼忍受得了這種"表面自我傷害，實則控訴"的
壓迫感？所以一方面安撫，一方面思考。

"這樣吧！"他說，"只要不影響到我的家庭，我儘量滿
足妳。"

"這可是你說的。"

"是我說的。"

"那麼我要你給我租個房，每週在房裡見我一次。"

陳先生瞠目結舌，不敢相信劉小姐會提出這種要求。

"妳知道自己在說什麼嗎？"他問。

"我當然知道，橫豎我倆已經發生過關係，做一次和做
N次沒什麼區別，我從此就跟定你了。"

聞言，陳先生感覺手腳冰冷、呼吸急促，好半天都說不
出話來。

"你還好吧？！"她問。

"不好，我的頭好痛，因為妳的思想出了問題。"

此話一出，劉夢菲呵呵呵地笑個不停。

"這是很正經的事，請嚴肅對待。"陳先生很不高興地
說。

"我沒有不嚴肅啊！"她收起笑臉，"反倒是你不誠實，
一直拒絕相信自己依然有魅力。"

雖然陳先生感覺趕不上眼前女人的節奏，但她倒是說對
了一點——他不認為年邁的自己還有魅力。

"別開玩笑了！"他說。

"好，不開玩笑。"她輕撫他臉頰，"寶貝兒，你要忍到
什麼時候？"

一句"你要忍到什麼時候？"讓陳先生破防了，反手就給劉夢菲一個大耳刮子。

被打的劉夢菲還未從震驚中清醒過來，下一秒便被陳先生推倒在床。

"這是妳要的，別怪我！"他說。

誰也沒料到結局竟是性慾打敗了道德，當激戰結束後，陳先生的悔恨又加深了，與劉夢菲的"大功告成"一比，那叫個諷刺！

第十六章 / 東窗事發

面對一夜未歸的丈夫，陳太太表現得相當大度。

"洗手吃飯吧！"她說。

陳先生欲言又止，最後還是按老婆說的，洗完手後坐下。

"今天的魚不錯，我特意讓胡阿姨清蒸，那才吃得出新鮮，你試試。"陳太太說。

陳先生夾了一塊魚肉，卻不是給自己的。

"老婆辛苦了，妳多吃點兒。"他說。

陳太太嘴巴答不辛苦，心裡卻很受用，這可以從接下來的良好互動中看出。

目睹眼前的一切，章小舫感覺好神奇，怎麼一場風暴就這麼悄然無息地落幕了？看來這世界還有很多她不明白之處。

時間輾轉來到畢業季，已經與陳先生同居近半年的劉夢菲又提了個要求。

“我怎麼出席畢業典禮？妳就不怕被小舫撞見？”陳先生問。

“撞見就撞見唄！到時候再編個理由不就得了？”

陳先生不像劉夢菲，任何藉口都能信手拈來。再說，那樣的場合要說多無聊就有多無聊，他寧願打瞌睡也好過如坐針氈。

“說吧！這次要什麼禮物？”陳先生挑明了問。

“你怎麼像我肚裡的蛔蟲？”她咬住枕邊人的耳朵，接著輕吹一口氣，“告訴你，我想要一塊勞力士綠水鬼。”

“那是男錶。”

“現在就流行女生戴男錶，好不好嘛？”

勞力士綠水鬼系列動輒十幾萬元一只，不是陳先生買不起，而是劉夢菲慾壑難填，過去的幾個月裡，她已經花掉不下兩百萬元，最近的一次在3週前，理由是認識150天紀念日（陳先生記得認識100天時也曾大出血過）。然而畢業終究是大事，怎麼也得送點兒什麼。

“我可以給畢業禮物，但不是錶，而是送妳留學。”陳先生說。

“留學？”劉夢菲來了精神，“到哪兒留學？”

陳先生早有準備，所以對答如流，然而劉夢菲似乎不甚滿意，因為她以為留學目的地怎麼也得是“美英澳加新”中的一個。

“妳說的那些國家得有雅思或托福成績，畢業後也很難留下來，但香港就不一樣了，只要專科以上學歷就能以進修的名義獲得香港身份證，以後不論定居或就業都不成問題。”

劉夢菲想想也對，她的英語水平欠佳，想通過雅思或托福考試得到一紙通行證很有壓力。再說，香港終歸是同文同種，大大減低適應上的困難。

"好呀好呀！"劉夢菲轉為眉開眼笑，"什麼時候去？"

"妳這邊同意了，我馬上交代仲介辦理，急件的話，3個月就能辦下來，不耽誤妳九月份上學。"

從表面上看，陳先生為了情人，方方面面都考慮周到，實則他是為自己做打算，因為劉夢菲是顆不定時炸彈，早去除早安心，所以想出這麼一個絕妙好招，既能"眼不見為淨"，還能釜底抽薪（等她在香港站穩腳步，認識的青年才俊一多，自然不會把他這個糟老頭子看在眼裡，他也就能毫髮無傷地全身而退了）……

等待入學的日子總是漫長，不過這不影響劉夢菲繼續花錢買快樂，逢人問起，她便回答自己交上了富豪男友，這位富豪不僅負擔了她生活上的所有花銷，還要送她到香港讀書。

也不知是嫉妒使然還是真的有什麼把柄落下，反正不友善的言論開始流傳……

劉夢菲不是不清楚人言可畏的道理，但當流言傳入她耳朵時還是很難受，如果不是陳先生已婚，同時還那麼大的歲數，她肯定樂於公布男友的名字，偏偏不幸被那幫三姑六婆給言中，人是已婚，還有地中海禿，怎麼都拿不出手。

由於心中帶著氣，劉夢菲決定把氣撒出去，對象直指她的眼中釘——章小舫。

"章小舫，"她終於逮到人，"我就要到香港讀書了。"

"我聽說了，恭喜！"

一句"聽說了"讓劉夢菲如鯁在喉，心想章小舫肯定也把那些八卦聽進去了。

"妳就不好奇我為什麼要到香港讀書？"劉夢菲問。

"妳為什麼要到香港讀書？"

劉夢菲沒料到章小舫會一點兒彎都不帶繞，直接複製。

"是我男友的主意。"她停頓了一下，"妳不會不問我男友是誰吧？！"

"妳男友是誰？"章小舫又複製了。

"我男友是……妳何不回家問妳Uncle?"

"為什麼要問我Uncle？"

"因為……因為我男友是妳Uncle介紹的。"

章小舫心想這倒新鮮，於是當晚與Uncle和Auntie共進晚餐時，她便把問題拋出去，這可把陳先生給害慘了。

"她……她男友是……是……"

陳先生還在找"替死鬼"，陳太太卻已給出暗示。

"該不會是老莊吧？！他已經喪偶多年。"陳太太說。

"是……是……不，不是老莊，是……是老馬，你們不認識，他是香港人。"

"原來是香港人，"章小舫恍然大悟，"難怪他會送學姐到香港讀書。"

"是，是啊！"陳先生夾了一筷子的宮保雞丁到自己碗裡，"胡阿姨炒的雞肉就是好，一點兒都不柴。"

吃完晚飯，陳先生藉口加班，躲到書房去，陳太太也沒閒著，連夜與包租公司對賬（可見她也發覺有事不對勁），結果竟發現一個驚天祕密——她老公將一處房產收回自用，時間長達半年。

次日，陳太太便親自上門一探究竟，果然門後站著的是有大半年未見的蜘蛛精……

第十七章／親者痛，仇者快

"怎麼是妳？"劉夢菲開門後問。

"怎麼不是我？這還是我的房呢！"陳太太答。

"進來吧！"她讓開身，"給別人看到了不好。"

的確給別人看到了不好，因為劉夢菲的身上就只著一件薄紗，內衣內褲全看得一清二楚，跟沒穿沒多大區別。

進屋後，陳太太更是氣不打一處來，好好的房子亂得不成樣，桌上還有醬油印子。

"阿姨昨天請假沒來，三餐我全叫外賣。"劉夢菲答（算是解釋了屋內的髒亂和那個醬油印子）。

陳太太找了個看起來還算乾淨的位子坐下，接著開門見山。

"妳打算跟我老公這麼不清不楚下去？"她問。

"沒有不清不楚呀！我和他一直很清楚，他負責我的生活所需，我則負責他的生理需求。"

這是陳太太第一次想扇人耳光，怎麼有人會無恥下流到這個地步？

"我的時間很寶貴，說吧！要多少妳才肯離開？"陳太太強按下怒火問。

"那得問老陳，只有他才懂得我的價值。"

陳太太已經一退再退，可是劉夢菲卻得寸進尺，是可忍孰不可忍？她憤而拿起桌上的水果刀，哪知劉夢菲根本不當一回事。

"妳可想好了，我的命不值錢，但妳和妳老公的名譽很值錢，如果事情鬧開了，誰受傷最重？妳心知肚明。"

陳太太頹然放下刀，忍不住嚎啕大哭起來。

"妳太沉不住氣了，當原配會很吃虧的。"劉夢菲繼續補刀。

"是的，我應該忍，忍到妳上香港讀書，也許事情還有轉機。"陳太太哽咽地答。

一語驚醒夢中人，劉夢菲這才知道陳先生為什麼要送她去香港。

"既然妳都這麼說了，那我就不去香港了，在上海好吃好喝好住著，不比在人生地不熟的地方強？"她答。

"妳以為可以這麼無法無天下去？我總有辦法治妳。"陳太太發狠話。

"好呀！放馬過來，我等妳。"

離開"盤絲洞"後，陳太太感覺胸悶，一直喘不過氣來，但仍強撐著，結果還是在斑馬線前不支倒地。就那麼不湊巧，一輛大貨車急駛而來，前輪輾過陳太太的身體，當場血流如注。

聞訊趕到醫院的陳先生，看到的是一副破碎的身軀，不禁撫屍慟哭起來。

"Auntie怎麼了？"衝到太平間的章小舫急急地問。

"人沒了。"陳先生強忍悲痛，"妳別掀布蓋，我怕嚇著妳。"

"可是……"

"我已經確認過了，是妳Auntie沒錯，我想她也不願嚇到妳，還是讓她在妳腦海中保留原來的模樣吧！"

章小舫腦海中的Auntie總是輕聲細語、慈眉善目，她不明白這樣的好人為什麼也會遭逢厄運？

想至此，章小舫淚流滿面。

"別哭，"陳先生拍拍她的肩膀，"妳還有我。"

陳先生不說則已，一說，章小舫更是悲從中來，兩人不禁相擁而泣。此時，醫院的工作人員過來喊陳先生辦手續，章小舫表示她就留下來陪Auntie。

"不，妳不能留在這裡，這是規定。"工作人員正色地說。

無奈之下，章小舫只能同陳先生一起去辦手續。辦好後，章小舫突然想到得通知陳哥哥。

"我來通知吧！"陳先生心力交瘁地說。

當聽到Uncle在電話中向兒子交代車禍始末時，章小舫這才知道是Auntie昏倒在先，大貨車碾壓在後。

"Auntie為什麼會昏倒呢？"她問通完電話的陳先生。

"不知道，可能身體忽然不適，這提醒我待會兒得到警局查看監控。"

看完監控，證實陳太太的確昏倒在先，驗屍報告也顯示死者體內沒有不明藥物，種種跡象顯示無可疑之處，於是陳先生平靜地接受"意外死亡"的鑑定結果，這也包括從國外趕回來奔喪的陳家唯一男丁。

章小舫上一次見到陳哥哥還是十多年前，如今再見，他依然高冷，面對母親的忽然身故，表現在外的是超乎常人的理性與克制。

"你要帶一點兒骨灰回德國嗎？"章小舫問。

"骨灰？為什麼？"

一句"為什麼"讓章小舫破防了，她反問陳哥哥難道不思念自己的母親？

"思念不需要藉助外物，再說，骨灰只是燃燒後的身體組織灰燼，不代表什麼。"他答。

只那麼一會兒工夫，章小舫立即判斷自己與陳哥哥不是同路人。

"那好吧！希望你回德國後一切順心。"她說。

"我是要回德國，那妳呢？妳不回到自己父母的身邊嗎？"他問。

"我……我還在讀大學，讀完自然會回美國。"

"那好，希望妳說到做到。"

章小舫沒料到Auntie一走，陳哥哥就來趕人，還好Uncle明事理，他要章小舫別聽他兒子的，想住多久就住多久，這也是他太太的心願。

陳先生提到死去的太太，章小舫忽然感傷，為了Auntie，她怎麼也不能拋下Uncle，讓他孤獨終老。

"Uncle，我會一直陪你，直到你再也不需要我為止。"章小舫掏心掏肺地說。

“好孩子，我就知道自己沒看錯人。”陳先生頗感欣慰地答。

當這對毫無血緣關係的“父女”正真情流露時，始作俑者卻已飛到日本北海道，又是騎馬，又是看煙花，好不快活！

第十八章 / 踏腳石

陳先生查監控只從馬路邊查起，如果再往前看去，他不難發現自己的老婆是從劉夢菲所住的公寓走出來，那麼後者的嫌疑就大了。

不論如何，劉夢菲算是逃過一劫，這也讓她往後的索取之路更加順暢，畢竟沒有陳太太這隻攔路虎，她想怎麼著，還有做不到的嗎？

反觀陳先生，自從老婆去世後，他有好長一段時間陷入抑鬱當中，做什麼都不帶勁，直到一封郵件的到來，他才發現劉夢菲並沒有向香港報到，這是怎麼回事？

陳先生首先想到的是打電話核實，可是怎麼打都無人接聽，只能下班後前去一探究竟……

當他打開房門時，門後的一切讓他驚呆了。

"寶貝兒，別愣在那兒，快進來。"劉夢菲巧笑倩兮地說。

"妳……妳怎麼知道我會來？"他邊問邊關上身後的門。

"當你打電話給我時，我就知道你會來，所以特意準備了燭光晚餐，都是你愛吃的。"

陳先生往桌上看去，有紅燒肉、四喜丸子、響油鱔絲和薺菜豆腐湯，的確都是他的心頭好。

"洗手吃飯吧！"她說。

"妳說什麼？"陳先生問。

"我說洗手吃飯吧！"

時間一下子跳回到事故發生前，當時陳太太面對一夜未歸的陳先生也是這麼說的。

洗完手的陳先生坐下，劉夢菲很熱情地招呼他用餐，又是夾菜，又是倒酒。

陳先生默默吃著飯，忽然想到重要的事，問起劉夢菲為什麼沒去香港？

"你太太過世了，我怎麼可以在你最困難的時候離開？當然是留下來陪你囉！"她答。

"妳也知道那件事？"

"當然，事情還上了熱搜，畢竟你是大人物。"

"別說什麼大人物了，在死亡面前，什麼都變得不重要。"

"看來你還沒從喪偶之痛中走出來，我得好好陪你，讓你享受到家庭的溫暖。"

實話說，自從攤上了劉夢菲這個大麻煩後，除了享受到魚水之歡外，陳先生大部分的時間裡都在想著如何擺脫她，可是眼下他卻感覺慶幸，還好有個人能填補他內心的空缺，至少他不孤單。

用餐完畢後，這兩人一起用投影機看了一部電影，也不知是從哪兒找來的，反正內容挺養眼的。

看完電影後，他倆洗了個鴛鴦浴，期間，陳先生差點兒沒忍住。

"等一等，待會兒給你一個驚喜。"劉夢菲在他耳邊低語。

原來所謂的驚喜是做全身按摩，當劉夢菲按到大腿內側時，陳先生再也忍不住，一翻身，將她壓在底下。

"你壓到我了。"劉夢菲說。

"就是想壓妳。"他答。

"輕一點兒，我怕……疼。"

此話一出，陳先生急不可耐，他使出洪荒之力，直到劉夢菲討饒了為止。

隔天，陳先生精神奕奕地上班去，這是他自從成為鰥夫以來，第一次又有了活力。

反觀劉夢菲，打從陳太太車禍去世後，她放飛自我了好一陣子，為的是排解內心的罪惡感。後來她想通了，生死有命，不是她激將幾句就能改變命運。換言之，那是陳太太的命數，與她無關，她能做的無非是代替陳太太照顧好陳先生……

明眼人一看，這哪是想通了？分明是替自己的私慾找藉口。說到底，她是自私的，還是不帶遮掩的那種自私，想成為第二個陳太太的野心相當明顯，目的無非是為了錢和階級跨越。

可憐陳先生還沉浸在自己又重獲愛情的喜悅當中，壓根兒就沒意識到自己不過是劉夢菲長征路上的踏腳石……

第十九章／搖滾男人

章小舫的設計風格偏老錢風，有種低調的奢華，在保留傳統精緻感的同時，也不忘跟上潮流（加入了少量的現代元素）。

教《結構設計與成衣工藝》的東教授對章小舫很賞識，認為她假以時日必成大器。

面對讚美，章小舫謙虛地表示自己還有很多不足之處，尚在學習當中。

"很好很好，"東教授頻頻點頭，"年輕人能不矜不伐，相當難得。對了，妳這週末有空嗎？我想介紹個人給妳認識。"

"抱歉！我的週末都排滿了。"

"這樣啊！那很可惜，也許以後還有機會。"

自從被何教授驚嚇到之後，章小舫便與男性師長保持距離，凡私下約見面的，一概婉拒，還好目前為止尚未被針對過。

與東教授道別後，一位學姐攔下她，問："學妹，妳能不能替我的畢業展走秀？"

再過幾個月就是服裝與服飾設計科系的畢業展，所有的大四生此刻都在抓人當模特兒，章小舫不知已拒了多少。

"抱歉，我已經答應學長了。"她答。

"妳指的是……王姨？"

"是的。"

"呵！王姨可真命好，我還以為沒人替他走秀呢！"

王姨指的是王翰南，他是服裝與服飾設計科系中"唯二"的男生（另一名是大一新生），但人一點兒也不陽剛，反倒有陰柔之美，舉手投足盡顯娘味，難怪會被安上"王姨"這個稱號。

"王姨的命好不好，我不清楚，但我的命肯定不壞，因為他給了我不少創意靈感。"章小舫對學姐說。

"罷了罷了，一個願打一個願挨，我還是趕緊找人吧！"

其實王姨第一次找上章小舫時，她也曾猶豫過，而王姨是這麼說的——如果連妳也拒絕我，那就沒人幫我走秀了，換言之，我將畢不了業。

"你這是道德綁架。"章小舫說。

"我說的是事實。"他答。

章小舫承認王姨很難找到人替他走秀，原因有二，一是他的設計太另類，不是每個模特兒都能駕馭；二是他本人非常注重細節，而且個性剛愎自用，不懂的人很難與他做有效溝通。至於性別表現（指男性氣質或女性氣質）……那倒不構成"拒絕"的理由，畢竟現在的年輕人很容易接受新事物，包容性也高。

學姐走後，章小舫忽然想到已有數日未見王姨，何不跟他打聲招呼，順便看看他的進展如何？

想到做到，她逕直往創樣教室走去……

"哎呀呀！"王姨見到來者，像蜜蜂見到糖，"妳來了正好，快幫我試穿一下衣服。"

"做好了嗎？"章小舫問。

"還在完善中，妳先穿了就是。"

等章小舫從更衣室走出來，王姨又哎呀呀地叫，因為穿反了，有釦子的那面應該在前。

"我反倒覺得這樣穿更好，"章小舫對鏡擺出各種Pose，"腰再繫朵白牡丹就平衡了。"

"哎呀呀！妳是設計師還是我是設計師？這是我的場子，得聽我的。"

話說得沒錯，章小舫只能順從，然而接下來的發展卻不在意料之中——王姨發現裙長超了，得拆了重做。

"超了？"章小舫驚訝問道，"還好吧？！再說，也不是不能補救，裁了就是，不需要重做。"

"這妳就不懂了，裙襬我綴了珠子，不是說裁就能裁，至於裙長，旁人可能看不出來，但我看出來了。沒辦法，處女座就是容不下一點兒瑕疵。"

此次畢業展不同於以往，分為商務裝、休閒服、運動服和晚禮服4個部分，也就是說每名準畢業生必須完成4套衣服。王姨手上的這一套是晚禮服（還得拆了重做），其他三套尚沒個影，而時間只剩五個月不到。

"你確定你趕得出來？"章小舫問。

"趕得出來最好，趕不出來就完蛋了，因為那意味著我得回去繼承家業。"王姨邊拆珠子邊答。

"什麼家業？"

"製藥廠，現在由我哥和我嫂在打理。"

章小舫噢了一聲，沒有接話，王姨反倒主動把事情說得更明白些。

"你的意思是家人給你十年的時間，如果屆時還是激不起任何水花，你就得接手製藥廠，讓你哥去追尋他的夢想？"她問。

"是的，不過現在只剩六年了，所以我一定得拿到畢業證，否則後面都是白搭。"他答。

此時的章小舫更好奇王姨的哥哥有什麼夢想，遂問。

"我哥的夢想是組織一支搖滾樂隊，由他作曲兼主唱。"王姨答。

"搖滾樂隊？"章小舫眼前一亮，"那太cool了，比製藥有意思多了。"

王姨糾正是賣藥，不是製藥，因為製藥是由機器製。

"幹嘛雞蛋裡挑骨頭？"她忽然電光一閃，接著掩面大笑，"想到你或許也要賣藥去，那個畫面很funny。"

"就會笑話我！"他睨了她一眼，"還有事嗎？有事啟奏，無事退朝。"

無端被王姨掃地出門，但章小舫一點兒也不生氣，因為王姨不像別的男生一樣會刻意討好她，反倒讓她覺得身心舒暢。

走出創樣教室後，章小舫一時不知何去何從，忽然，一個模糊的影子在她腦海中一閃而過。

"喜歡搖滾樂的男人一定不無聊，"她心想，"不知王姨的哥哥會創作出什麼音樂來？"

第二十章／王翰東

陳先生把劉夢菲視為填補內心空虛的解語花，她想要什麼皆儘量滿足，但有一點是不變的——他的老婆只有一位，目前還沒有再婚的打算。

劉夢菲提了幾次"轉正"被拒後，也不再提了，反正來日方長，先享受一段揮金如土的幸福生活要緊，等關係穩固了再來收拾這個糟老頭子還不遲。

正因為這兩人達成了某種"說不清、道不明"的共識且非常有默契地隱瞞戀情，導致章小舫一直被蒙在鼓裡，不過這也好，至少她度過了一段風平浪靜的日子，多少撫平失去Auntie的傷痛。

時間輾轉來到大四生的畢業展，章小舫穿著王姨直到最後一刻才趕出來的服裝上臺，收獲了不少掌聲。

等4套衣服都走秀完畢，回到後臺的章小舫還沒來得及喝上一口水，王姨便走過來對她說："妳是我的福星，如果我能拿到畢業證，功勞簿上肯定有妳的名字。"

"哪裡，我什麼都沒做，只是上臺走一圈而已。"

對於章小舫來說，她不過是履行承諾，並不代表她全然欣賞王姨的作品，好比那件網球服，肚皮露出一大截，真要上球場，豈不走光？

"不，妳幫了很大的忙。" 王姨說，" 這樣吧！橫豎今天我哥和我嫂也來了，咱們就一起吃個飯。"

章小舫本想推辭，但一琢磨，既然王姨的哥哥也會出席，何不藉此機會看看喜歡搖滾樂的男人到底是什麼三頭六臂？

"好，等我把臉上的濃妝卸了再說。" 她答。

約飯地點在衡山路，外表是一棟法式古典建築，吃的卻是粵菜，而這還不是最令人吃驚的。

"東教授，您怎麼在這裡？" 章小舫驚訝問道。

"呵呵！我被王同學抓來吃飯。" 東教授答。

"哎呀呀！" 王姨開口了，" 幹嘛撇清關係？舅舅就是舅舅，改變不了的。"

這個回答很令人瞠目結舌，原來東教授竟然是王姨的舅舅。

" 那麼進本院校是不是......"

章小舫話還沒說完，東教授立即表示他沒幫忙，是外甥靠實力考進去的。

見東教授誤會了，章小舫趕緊澄清自己不是那個意思，而是服裝學院不止一所，王姨......呃！王同學想必是受舅舅的影響，所以選擇在同一所學校學習。

東教授再次否認，然而王姨卻有不一樣的說法——他不在意讀的是哪所學校，只要能讓他接觸到這一行即可，倒是他過世的母親認為有親人在同一所學校，多少能幫襯點兒。

此話一出，被自己的外甥打臉的東教授也只能顧左右而言他：「咦！那兩人怎麼還沒來？」

「應該快了，哥說他的車停在校門外，估計因此耽擱了。」

王姨話音剛落，包廂的門被打開，走進一對氣質不凡的男女，男的長相斯文，女的落落大方。

「哎呀呀！怎麼這會兒才到？讓人好等。」王姨說。

「對不起，車停遠了，又遇上大塞車，所以遲到了。」王姨的哥哥致歉並解釋。

「沒關係……」章小舫和東教授異口同聲，前者讓後者先說。

東教授也不推辭，除了強調「上海交通繁忙，市中心尤甚，能趕到已經很不錯了」之外，還當起了介紹人，章小舫因此得知王姨的哥哥叫王翰東，旁邊站著的是他的老婆凌佩雅。

「原來妳就是章小舫，」凌佩雅主動坐在章小舫身旁，「聽舅舅說妳的設計作品是我喜歡的類型，一直想見上一面，果然趕早不如趕巧。」

章小舫電光一閃，東教授曾說過要介紹個人給她認識，想必正是眼前這位。

「我不知道東教授要介紹的是凌姐，若早知道，我下雨落雹也會前來見上一面。」

章小舫的回答惹來王姨吐槽——認識三年了，今日方知章小舫也會阿諛奉承的那一套。

「這哪是阿諛奉承？」凌佩雅出手相助，「我是越看小姑娘越喜歡，人怎麼可以出落得這麼標緻？你說是嗎？翰東。」

王翰東自從在T臺上看到章小舫，內心一直無法平靜下來，如今被自己的老婆點名到，他的慌張可想而知。

"嗯......是......不是......是。"他說。

"哈！到底是還是不是？"凌佩雅笑了，"莫非你還在想著公事？"

王翰東沒回答，但他老婆已自作主張把他的反常歸為"因想著公事，所以心不在焉"。

"王......哥哥連休息時間也在想公事，壓力一定很大吧？"

章小舫看著王翰東說，而王翰東也在看她，可是接下來的聲音卻來自另一個女人。

"可不是嗎？競爭太大了，如果原地踏步，很快會被同行趕超，只能日復一日，年復一年地鞭策自己向前。"凌佩雅答。

目睹這一切的王姨感覺不妙，趕緊岔開："哎呀呀！你們都不餓嗎？光顧著說話，我可是餓壞了，咱們點菜吧！"

話都說到這個份上，當然是餵飽肚子重要，於是五人同時結束寒暄，開始翻看菜單......

第二十一章/捅了馬蜂窩

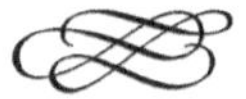

聚餐結束後的那個週五夜裡，凌佩雅邀請章小舫隔日到家裡來做客。雙方一交換信息，這才得知王家住所和陳先生的度假別墅竟位於同一小區，小區內就有會所和高爾夫球場。

"怎麼這麼湊巧？妳Uncle叫什麼名字？"凌佩雅在手機那端問。

"陳文夕，文章的文，夕陽的夕。"章小舫答。

"哎呀！那不是商會主席嗎？妳是他侄女還是外甥女？"

說來話長，章小舫只能用最簡短易懂的幾句話來概括，當然也包括Auntie陳的意外身故。

"妳真不容易。"凌佩雅說，"我也算虛長妳幾歲，以後有什麼開心或不開心的事，妳都可以跟我分享。"

章小舫本來還想婉拒見面，但見凌姐如此掏心掏肺，她反倒不好開口。

"好，明天我來。"她答。

星期六上午吃過早餐，章小舫告訴Uncle想去金色花園小區。

"妳為什麼要去金色花園？"陳先生頗為吃驚地問。

"我最近認識一個新朋友，她也住在金色花園，我們今天約了在她家吃飯。"

"約的幾點？"

"中午12點。"

陳先生看了一眼時間，還有兩個多小時，應該來得及。

"好，我知道了，需要龐司機送妳一程嗎？"他問。

"不需要，我走走看看也挺有意思的。"她答。

待章小舫出門後，陳先生立即撥打劉夢菲的手機號。

"我還以為是什麼大事，來就來唄！"她打了一個長長的哈欠，"我今天凌晨才睡下，睏得很，拜了。"

陳先生沒料到劉夢菲會掛他電話，再打卻提示已關機。

茲事體大，陳先生只好打給照看別墅的周阿姨，請她把劉小姐送走。

話說劉夢菲是一個多月前才搬到金色花園小區，周阿姨本來就對"從天而降"的"客人"頗有微詞，既然老闆開口了，她樂得轟走對方。

"幹什麼？"被吵醒的劉夢菲怒不可遏，"沒看到我在睡覺嗎？"

"老闆讓妳現在走，直到章小姐離開金色花園，妳才可以回來。"周阿姨說。

劉夢菲愣了兩秒後，終於明白周阿姨的意思。

"章小舫是個什麼東西？！"劉夢菲咆哮著，"憑什麼她來我就得走？"

"這我哪兒知道？妳得問老闆去。"周阿姨有恃無恐地答。

劉夢菲果然找來手機打過去，電話那頭的陳先生舊話重提。

"我就不懂了，她來金色花園找朋友干我何事？我不出去不就得了？"劉夢菲氣憤非常地說。

陳先生強調不可以，因為金色花園的別墅裡有章小舫的個人房間，她若想順道拿點兒東西也是可能的，而現在不是公佈他倆戀情的時候……

劉夢菲從來沒有像此時此刻一樣憎恨過一個人，甚至氣到想大卸對方八塊！

"知道了，我現在就梳洗一下。"她咬緊牙關地答。

掛斷電話後，劉夢菲發現周阿姨還沒走。

"妳看什麼看？"她沒好氣地問。

"老闆說妳只有半小時的時間，他要我盯著妳離開小區。"周阿姨答。

當劉夢菲離開金色花園時，肚子裡的火已經將她燒得面目全非，即便是平常她最熱衷的購物，此時也興趣缺缺。

"等著瞧！總有一天我會把失去的加倍要回來。"她憤恨地想著。

第二十二章/司令官

王家的屋內格局和陳家一模一樣，只不過陳家多了一個陽光房。

"是違建嗎？"凌佩雅問。

"不是，陽光房是由原來的洗衣房改造的。"章小舫答。

"那洗衣怎麼辦？"凌佩雅又問。

"Auntie讓人把洗衣機和烘乾機全移到車庫內。"

"烘乾機？"

"是的，Auntie認為被陽光曬過的衣服壽命短，所以洗過後全進了烘乾機，再由阿姨一件件燙平。"

凌佩雅心想這倒新鮮，只是難為阿姨了。

沒料到章小舫回覆只要工資給到位，阿姨不會在意的。

此話一出，王家夫婦傻眼了，王翰東想的是這年頭竟有如此耿直之人？而凌佩雅想的卻是怎麼這話聽著怪怪的？但又不知怪在哪裡。

「咳咳！」凌佩雅故意咳嗽兩聲，「小舫，你試試這鰻魚，跟店裡賣的沒兩樣。」

章小舫吃了一口後，給出評價——好吃是好吃，但還是沒有現烤的好吃，她知道有一家專做烤鰻魚的店，有空可以請凌姐和王哥哥一同品嚐。

「那太好了！」凌佩雅興奮說道，「這不就約上了嗎？妳把妳Uncle也叫上。」

「可以，如果他有空的話。」

從表面上看，凌佩雅八面玲瓏，對誰都和善，其實她的好是有針對性的，但凡能給自己或家族帶來利益，她便是天使，否則即是冰雪女王。

換言之，像章小舫這樣涉世未深的女孩，根本不入凌佩雅的眼，若不是高定禮服太昂貴，而平替的衣服又可遇不可求，她也不致於萌生"讓未成名的設計師來替她設計和製作衣服"的想法。

章小舫是舅舅推薦的，沒料到還意外帶出一個商會主席，等於一石二鳥，凌佩雅直呼自己好運氣，因為認識有頭有臉的人越多，對王家的企業就越有利，而她之所以如此勢利，背後其實還有更深層的原因——公婆已逝，自己的老公又成天想著音樂，唯一的小叔子還靠不住，等於王家所有的重擔都壓在她一個人身上，她不得不堅強起來，對內雷厲風行，對外則廣交權貴……

「我看擇日不如撞日，」凌佩雅對章小舫說，「就約明天中午吃鰻魚吧！妳現在就打電話給陳主席。」

看客人流露出為難的表情，王翰東出手相助，提醒老婆明天已約了喬總打高爾夫。

凌佩雅電光一閃，是呀！她怎麼把這麼重要的事給忘了？

"瞧我這記性，只能下次再約了。"凌佩雅改口。

章小舫大鬆一口氣，豈料凌佩雅的下句話卻是邀請章小舫打高爾夫。

"你們不是跟人約好打球了嗎？"章小舫一頭霧水地問。

"那是明天，我們仨今天一樣能打啊！反正球場就近在咫尺。"

章小舫欲言又止，凌佩雅遂要她不用擔心，球桿和球服可以用她家的。

"那倒不必，Uncle家也有，我走過去拿就是，可是……"

章小舫話還未答完，凌佩雅已果斷下命令——太好了！咱們半小時後球場見。

起初，章小舫以為遇到了一位知心姐姐，然而才幾天的工夫，知心姐姐就成了指手畫腳的司令官，這差距未免也太大了？

"章小姐，妳需要什麼？"周阿姨見到忽然出現的章小舫，一點兒也不驚訝地問。

"我來拿高爾夫球桿，順便換身衣服。"

"好，我這就去取球桿。"周阿姨很爽快地答。

章小舫也沒閒著，逕直上樓換球衣，可是……

"周阿姨，有人碰過我的球衣嗎？"章小舫問。

"我只負責清洗和熨燙……有問題嗎？"提著球包的周阿姨反問，表情有些古怪。

章小舫記得上回回來時，球衣散發著薰衣草的香氣，可是此時此刻球衣上的味道卻是茉莉花香，難不成周阿姨又重洗了一遍？

"妳……"

"什麼？"周阿姨問，"妳有任何疑問都可以問我，沒關係，儘管問。"

正因為周阿姨如此"坦蕩蕩"，章小舫反而不好質疑。

"沒什麼，妳提包跟我一起去球場吧！"

"……噢！"

章小舫不明白為什麼周阿姨會忽然像只洩了氣的皮球，只能歸為女人偶爾的情緒波動。

轉眼間，這主僕二人已經在球場待了一個多小時，周阿姨也刷了一個多小時的手機。

"小舫，"凌佩雅看準目標，使勁一揮桿，"其實妳可以讓阿姨離開。"

"她若走了，誰來背球包回家？"

此話一出，王家夫婦再次傻眼了，雖然打球時他倆也有僱球僮背球包的習慣（好比現在就是），但從球場到家也不過短短幾分鐘的步行距離，他倆還未矜貴到這個程度，可是眼前的這個小妮子卻當仁不讓地對號入座了。

正因為章小舫表現出富家千金的脾性，打完球後，凌佩雅指使老公送"公主"一程，反倒是章小舫推辭了，因為她還得回屋把球衣換下。

"那有什麼問題？"凌佩雅答，"等妳準備好了，打個電話過來就是。"

就這樣，章小舫跟著阿姨回家，40分鐘後，王翰東已將車子開過來……

"章小姐，"周阿姨趕在車子開走前攔下，"今晚妳還會再上這裡來嗎？"

"不會，妳為什麼問這個？"

"沒什麼，慢走。"

看車子漸行漸遠，周阿姨忽然有種失落感，但凡章小姐能敏感些，她肯定樂於打小報告（譬如告知家裡來了個外人），因為她巴不得劉小姐趕緊消失。雖說章小姐也同樣不好伺候，但至少大方啊！像今天背球包，人家一出手就是一百元小費，哪像劉小姐，既粗魯又一毛不拔，像極了打滾撒潑的守財奴……

當周阿姨嘴裡犯嘀咕時，殊不知劉夢菲就躲在暗處。

提起劉夢菲，她已經在外流浪大半天了，本以為找到一個好時機，可以挫挫章小舫的銳氣，無奈有外人在（還是個開賓利的帥哥），只能作罷，哪曉得接下來便聽到周阿姨在數落自己，她的憤怒可想而知。

"切，我治不了章小舫，難道還治不了一個阿姨？今晚我非得讓她滾蛋不可！"劉夢菲咬牙切齒地說。

第二十三章／意料之外

王翰東的外表看起來斯斯文文的，但內心其實很狂野，他最大的夢想便是有朝一日也能站在舞臺上恣意狂歌熱舞，就像他的偶像黃家駒一樣（此人是Beyond樂隊的主唱兼吉他手）。然而家裡有家業要繼承的他又怎能"為所欲為"？令他沮喪的還不止此，連娶妻也是包辦婚姻，那才叫個鬱悶！

大概看出兒子的抵觸心理，王翰東的父親對他說："兒啊！原配只有一個，但這並不影響你有紅顏知己，所以也別把事情想得太糟糕。"

王翰東也清楚許多"成功人士"的背後其實是有後宮的（人數可能還不止一個），但他是有追求的，期待能與他的Miss Right相濡以沫、白頭到老，所以他父親的言論無疑褻瀆了他的愛情。

見兒子仍不願"將就"，王父與王母商量過後，決定把婚給退了，倒是"準新娘"很不服，被取消婚約的當晚便約王翰東出來說話。

「你若對我有任何不滿，請說出來，我可以改。」她開門見山地說。

如果把凌佩雅放在古代，活脫脫就是個俠女，那種「不畏艱難、行事果斷、從不拖泥帶水」的性格，王翰東也非常欣賞，奈何他本人是外貌協會的忠實會員，喜歡甜美型，個性最好單純點兒，沒那麼多算計……

「妳很好，真的，完全不需要改，咱倆不過是少了點兒眼緣。」他真誠地回答。

話說凌佩雅的外表並不醜，人也乾淨利落，就是面相不討喜，不僅顴骨高，還有一個碩大的鷹勾鼻，很難不讓人聯想到傳說中騎著掃帚的巫婆。

「眼緣？」她沉默片到，「好，我知道了，請給我一年的時間。」

「為什麼要給妳一年的時間？」他問。

「祕密，但你必須答應我在這一年內絕不會與任何人訂婚或結婚。」

雖然王翰東覺得這個要求很奇怪，但能暫時擺脫「麻煩」也是幸事，於是答應了下來，沒想到一年後……

「妳……妳是……凌佩雅？」他驚訝問道。

「是的，我回來了。」

王翰東簡直不敢相信眼前的女人正是一年前已談婚論嫁又退婚的對象，因為她的鷹勾鼻不見了，顴骨也低了很多。

「妳動臉了？」他問。

「是的，削骨手術的恢復期很長，疼得我眼淚嘩嘩嘩地流，還好最後挺過來了。」

聽完，王翰東內心最柔軟的部分被觸碰到，他不敢相信
有人會為了他經歷那麼多的痛苦。

“妳辛苦了。”他說。

“不辛苦，只要能達到你的審美要求，一切都值得。”
她停頓了一下，“我達到了嗎？”

王翰東被問住了，雖然凌佩雅的外形改善很多，但還是
沒長在他的心巴上，他想要的是甜心公主，不是英氣十
足的花木蘭。

見王翰東遲遲不表態，凌佩雅的心涼了半截，但她還不
打算認輸，依舊在做困獸之鬥。

“手術恢復期間，我還報了兩個在線學位課程，分別是
初級財務會計與股票投資學，就希望有朝一日能幫助到
王氏企業。”她說。

聽到這裡，王翰東破防了，這個女人縱有萬般不是，但
看在“忠心耿耿”的份上，怎麼也得給她一個機會。

對於這個意外的“反轉”，王凌兩家樂見其成，於是兩個
年輕人開始“正式”交往，若不是王父突染惡疾，民間又
有“沖喜”的習俗，王翰東與凌佩雅的“試探期”應該會長
一些，而不是趕鴨子上架似地匆匆走入婚姻殿堂。

婚後，這兩人很有默契地各司其職（王翰東是慢郎中，
適合擔任後勤；凌佩雅則是急驚風，所以站在最前線）
，相輔相成的結果倒也琴瑟和鳴、一切向好，只有一事
是雙方家庭都深表遺憾的——結婚三年多，凌佩雅的肚
皮依然平坦，醫生說是女方的生理缺陷，即使通過科學
手段，懷孕的機率依然很低。

某天，凌佩雅對老公說：“你家接受不了領養，所以我
同意你在外面生一個，前提是不能有情感上的出軌，孩
子抱回來養之後，你便得與女方徹底斷了聯繫。”

正因凌佩雅冷靜得可怕（像在說一件公事似的），王翰東反倒更加抗拒，因為他的內心仍是一名"少年"，還沒準備好當別人的父親……

"雅雅，我們現在就很好，妳想太多了。"他安慰妻子。

然而事情的發展似乎比王翰東想的還要嚴重很多，因為某日夜裡，他的妻子竟然打開房門，讓一名看著眼生的女人進來。

"雅雅，"王翰東捂緊被子，"這位是誰？妳怎麼讓陌生人進到我們的房間內？"

"這位是小倩，"凌佩雅介紹，"你倆先交流一下，如果不滿意，還可以換人。"

茲事體大，王翰東也顧不上自己只著汗衣和內褲，直接掀被下床，把那個叫小倩的女人給轟出家門。

"東，你這是把我架在火上烤，我怎麼向王家的列祖列宗交代？"凌佩雅眼眶含淚，"實話告訴你，現在你父母都拿有色眼鏡看我，我已經被視為王家的罪人。"

"說什麼呢？"王翰東擁妻子入懷，"我的老婆只有妳一個，任何人、任何事都撼動不了妳的地位，我保證！"

經過這場攸關婚姻存續的"考驗"後，凌佩雅已經將心100%交給丈夫，並把王氏企業當成畢生無私奉獻的對象。久而久之，王家二老也非常認可這個兒媳婦，同時悄咪咪地把傳宗接代的任務交給老二王翰南。至此，無後問題總算是解決了，可是兩年後，另一個問題出現了……

"東，你去組織樂隊，那我怎麼辦？我一個婦道人家，身旁也需要有人參謀。"凌佩雅對老公說。

成立搖滾樂隊是王翰東一生追逐的夢想，以前父母在，他不敢造次，如今二老先後離世，讓他感嘆人生無常的同時，也萌生"有夢就得去追"的想法。

"放心，等翰南大學畢業就能幫到妳，頂多3年的時間。"他解釋。

王翰東與弟弟王翰南相差15歲，後者正在讀大一。

"不，爸媽已經答應給他十年的時間去追求夢想，也就是說我等的時間不會是3年，而是9年，那太長了，我等不了。"

"妳說爸媽給我弟十年的時間去追求夢想？"王翰東揚起聲，"什麼時候的事？"

"很久了，大概是翰南高一或高二的時候吧？！他說將來想學服裝設計專業，後來咱爸媽同意了。"

王家父母希望家裡的老二學金融，王翰東是知道的，至於為什麼弟弟後來改上服裝學院，他並不清楚，單純地以為也許是對高考結果所做出的妥協，如今老婆提起，他才發現事情並不簡單，而是私下做了交易。

"這不公平！"王翰東怒氣沖天，"為什麼弟弟想學服裝設計就喜提十年嘗試期，而我想學音樂卻被剝奪了？"

"不是這樣的，"凌佩雅拍拍他的肩膀，"爸媽離世前曾說如果十年期限一到，翰南還是沒能做出成績來，他便得接手製藥廠，改由你去實現夢想。"

此話一出，王翰東百感交集，他不敢相信這是父母的意思，因為印象中的父母一向把家族企業擺第一，不允許孩子有個人喜惡。

"是真的，"他妻子再次強調，"也許人之將死，其言也善吧！"

話說王翰東的父親已經病了有一段時日，但忽然離世還是很令人措手不及，而更驚詫的是王母也因傷心過度，引發應激性心肌病（也就是所謂的"心碎綜合症"），不到五日便駕鶴西歸，若不是凌佩雅一人獨挑大樑，指顧從容地替兩老安排後事，估計王翰東有很長一段時間找不著北（他本人也很清楚這一點）。

這可以解釋為什麼凌佩雅很放心地讓老公護送年輕貌美的章小舫回家，因為她料準王翰東大小事都得依賴她，諒他也不敢有二心，然而事情總有意料之外……

第二十四章／暴風雨前的寧靜

章小舫一上車就坐在後座，讓王翰東很不是滋味，感覺自己像個司機似的。

"咳咳，我猜妳應該有私人司機吧？！"他意有所指地問。

"正確地說是我Uncle有私人司機。"她答。

"難怪妳把我當成私人司機了。"

章小舫解釋不是這樣的，而是她比較慢熱，不習慣與不熟的人靠得太近……

"我也很慢熱啊！但我不會做出不禮貌的舉動。"

王翰東話一說完，章小舫立即喊停車。

"什麼？"他問。

"我說停車，快點兒。"

王翰東以為章小舫突然有生理上的不適（譬如暈車想吐等），遂趕緊路邊停車，孰料後者竟是從後座換到副駕駛座上。

“開車啊！”她說。

王翰東大夢初醒，接著發動車子。

“妳……”王翰東邊開車邊看了章小舫一眼，“妳一向都那麼直接嗎？”

“你既然介意，我就換到前座來，這沒什麼大不了的。”她雲淡風輕地答。

沉默半晌後，王翰東提到自己創作了一首曲子，問章小舫想不想聽？

（註：王翰東會這麼問是為了試探，但凡章小舫表現出一絲對音樂的厭惡，他便不讓“好感”繼續滋長。）

“當然，你唱吧！”她答。

王翰東記得上一次唱歌還是對著當時還是女友的凌佩雅唱，結果卻被嘲笑（當然是以開玩笑的口吻），從此他便對外“封麥”了，以後縱使要唱，也是自己唱給自己聽，章小舫算是“解麥”後的第一個聽眾。

我想乘風破浪，如果不是有妳結伴同行；

我想四海遨遊，如果不是有妳相隨左右。

親愛的，若不是有妳與我惺惺相惜、患難與共，

我恐怕早已凋零，像那無根的花，也像那隨風散去的草……

唱完後，章小舫給予熱烈掌聲，又是喊“encore”（再來一遍），又是吹口哨，彷佛親臨演唱會現場。

“妳也太誇張了，沒那麼好啦！”王翰東說，但心裡美滋滋的。

"真的太棒了！曲風很像我喜歡的樂團 The Beatles 所創作的《Here Comes The Sun》，只是那首歌有一段長前奏。"

"我的這首也有啊！可惜沒有電吉他，我無法彈奏出來。"

"那麼哪天你彈出來，我好想聽完整版。"

王翰東一答應下來就後悔，因為家裡雖然有一間做了消音處理的房間（方便他平日創作音樂），但空間太小，基本只容一人轉身。

章小舫聽聞後要他無庸擔心，因為她Uncle的別墅是邊房，只要在靠近高爾夫球場的那間客房裡彈唱，完全不會影響周圍鄰居。

"那太好了！我們現在就約個時間。"他說。

章小舫想了想，凌姐約她下禮拜六談製作晚宴服的事，那就約在同一天吧！省得來回跑，同時也能約凌姐一同聆聽。

聽完章小舫的"計劃"，王翰東面有難色。

"怎麼了？是不是時間約的不對？"她問。

"不是時間問題，而是我老婆並不欣賞我的音樂，她覺得吵。"他解釋。

"怎麼會呢？"章小舫皺起眉頭，"這麼好聽的音樂可不是經常有啊！"

"大概音樂也要找到對的那個人，好比妳就是！"

不知怎的，表達完後的王翰東忽然心跳加速，像對一個人剛表白完畢。

"沒錯，我就是那個對的人，我喜歡你的音樂。"

對於王翰東來說，最開心的事莫過於他"表白"了一個人，而那個人剛好也接受了。

" 那好，下星期六妳和我老婆談話完畢，妳回妳Uncle家，我隨後就到。" 他說。

雖然章小舫感覺"瞞著凌姐"很不妥，但王哥哥不是提到凌姐不喜歡他的音樂嗎？也許說了，"演唱會"便開不了了。

想至此，章小舫答應下來，殊不知一場腥風血雨即將來襲……

第二十五章/防微杜漸

王家夫婦兩個月後即將參加生物醫藥企業家晚宴，上一次舉辦還是一年多前，當時凌佩雅花巨資買了一套淺咖配杏色套裝，還豪氣地戴上14毫米的大溪地高品質珍珠項鏈，孰料竟被誤會是會場的工作人員，讓她為之氣結，所以這一次她打算閃亮登場，不再讓自己處於尷尬的境地。

被委以重任的章小舫，心中其實也有自己的小算盤——升上大四後，她得為期末的畢業服裝展忙活，橫豎要做，就拿這次練手，順便看看大眾的反應。

既然雙方各取所需，很快便一拍即合。

時間輾轉來到星期六，兩人坐下來溝通細節……

"我希望服裝看起來高雅，但又不失新意。"凌佩雅說，"還有，別用黑、白、灰這3種顏色，因為容易讓人聯想到辦公室文員。"

"好，我了解了。"章小舫電光一閃，"對了，妳能接受花卉、植物或昆蟲當點綴嗎？"

"可以，但我對變形蟲、蜘蛛或其他看起來可怕的物種敬謝不敏，可愛點兒的金龜子或瓢蟲倒還行。"

"嗯！"章小舫點頭，"我記下了，其他還有什麼要求或注意事項？"

"設計稿先讓我看過後再製作，另外，2000元的定金今天給，尾款8000元等收到成品後再給付。"

"好的，沒問題，現在可以幫妳量尺寸了嗎？"

"可以。"

凌佩雅的身高約一米六，不胖，體型屬於倒三角形，所以設計時必須截長補短，避免強調雙肩的寬度，否則看起來像穿著一件盔甲似的。

當章小舫邊量尺寸邊思忖時，凌佩雅也沒閒著，她問坐在一旁的老公對她的服裝有什麼建議？

"這是小舫的專業，專業的事就交給專業的人來做，我沒什麼可建議的。"他答。

因為老公的一句"小舫"（連姓氏都不帶），凌佩雅不免留了個心眼，慶幸的是接下來的觀察毫無異樣（那兩人皆從容自若），她不免暗罵自己想多了。

其實凌佩雅的擔憂並非空穴來風，雖然她老公是出了名的"妻管嚴"，大小事都聽她的，但老男人找小姑娘的例子也不是沒有，加上他親暱地喊她"小舫"（而不是章小姐），所以還是得防著點兒。

量完尺寸後，凌佩雅讓章小舫也幫自己的老公量。

"抱歉！"章小舫果斷地說，"兩個月完成一件衣服是我的極限，因為學校還有文化課要上。"

此話一出，王翰東忙不迭跟進，理由是自己已經有多套西服，不需要再定做，何況他並不在乎穿著，若不是正式場合需要，他連領帶都懶得打。

"別讓小姑娘看笑話了！"凌佩雅睨了老公一眼，"衣服是人的膽，如果穿得隨便，很難讓人有好印象，我說的對嗎？小舫。"

"的確是要看場合穿衣服，"章小舫答，"不過以王哥哥的平時穿著來論，基本沒什麼大問題，所以不用過度擔心。"

凌佩雅原先的想法是——如果章小舫以"翰東"稱呼她老公，那就真的危險了，還好此事並未發生，看來她真的多慮了。

談完公事，凌佩雅留章小舫一起共進午餐。席間，凌佩雅再度提到想會一會陳主席。

"今天回去後，我會問問Uncle。"章小舫答。

"那太好了！"凌佩雅眉開眼笑，"不論是吃烤鰻魚還是上我家來，只要你Uncle一句話，我和我老公一定奉陪到底，是不是？翰東。"

凌佩雅善於公關，王翰東是知道的，但他很不喜歡老婆總讓他作陪，如果有選擇，他更樂於在自己的小房間內創作音樂，而不是被迫坐在老婆身邊，當一名應聲附和的工具人。

"我老婆就是我的司令官，她說什麼是什麼。"王翰東對章小舫說。

章小舫的心喀噔了一下，因為她也認為凌姐像個發號施令的司令官，與王哥哥所言不謀而合。

"一個人很難長期聽命於一個人，我想你應該也是認同你老婆的。"章小舫對王翰東說。

有那麼幾秒鐘，凌佩雅感覺自己隱形了——怎麼這兩人說話"旁若無人"，這是把她當透明人了？

"咳咳！"凌佩雅故意咳嗽兩聲，"小舫，待會兒我要上婦利會開會，今天就由我送妳回市區吧！"

這是下逐客令，章小舫自然聽出來了，同時也沒忘了上禮拜曾與男主人定下的約定。

"今天我得回Uncle的別墅一趟，所以不用麻煩了。"她答。

"那麼我載妳到妳Uncle家吧！"凌佩雅說。

"真不用了。"

"一定要。"

章小舫很不解，不過幾分鐘的步程，何必如此客氣？

反觀凌佩雅，她想的可複雜了——再怎麼著也不能讓孤男寡女共處一室，所以她走後當然得"清場"。

"好吧！如果妳堅持送的話。"章小舫無奈地答。

第二十六章/打翻醋罈子

凌佩雅的車子一開走，章小舫便按了門鈴，見無人應門，她又按了一次，依然無果。

"周阿姨該不會購物去了吧？！"章小舫邊想邊拿出備用鑰匙開門。

進屋後，章小舫直接上二樓，再一次，她強烈感覺到有人動了她的東西，譬如她愛看的時尚雜誌本來放在手工編織的立式書報架內，此時卻攤開來放在床頭櫃上，還有，桌上的長臂摺疊燈此刻正以一種奇怪的姿勢站立著，而她絕不會允許那樣怪異的事情發生……

"不行，等周阿姨回來，我肯定得問個清楚。"章小舫心想著。

當她刷完牙又補妝完畢，正準備下樓時，主臥室傳來細微的聲音。她原本想走過去一探究竟，不巧門鈴聲響起，肯定是王哥哥來了，她只好先開門去。

"哇！吉他也派上用場了。"章小舫興奮說道。

"這是電吉他，我連音箱都帶來了。"他答。

「那好，你馬上就能開唱了。」

他倆進入的是一樓靠近高爾夫球場的邊房，原本作為客房使用，在擺下書桌、衣櫃和一張雙人床後，已沒有太多空間。

「會不會太小？不然換個地方也行。」章小舫說。

「沒關係，我把書桌挪開，反正唱完就走，最重要的是別影響到鄰居才好。」王翰東答。

經一番手忙腳亂後，房間終於挪出一個空間來。

待王翰東將電吉他插上電又調好音，接著便撥彈起來，前奏果然很長。

我想乘風破浪，如果不是有妳結伴同行；

我想四海遨遊，如果不是有妳相隨左右。

親愛的，若不是有妳與我惺惺相惜、患難與共，

我恐怕早已凋零，像那無根的花，也像那隨風散去的草
……

當王翰東情緒高昂、熱血澎拜地唱著歌時，有兩個女人正聽著，一個在房內，另一個在房外。

唱罷，章小舫用力鼓掌，把手都拍紅了。

「沒那麼好，獻醜了。」王翰東害羞說道。

「你太謙虛了，在我聽來，完整版更激動人心，這麼好的音樂應該分享給大家才是。」章小舫忽然想起什麼，「對了，這首歌叫什麼名字？」

王翰東一個多月前才完成這首歌，還未想好歌名，可是
此時此刻一個名字卻湧上心頭。

"這首歌叫《Miss Zhang》。"他答。

"Miss Zhang？跟我的姓氏一樣哪！這個Zhang是弓長張
還是音十章？"

"是……是弓長張。"

話說王翰東的音樂夢一直在"被否定"中踽踽獨行，好不
容易覓得知音，還是第一個聽到此歌的人，他就想以歌
名致敬一下。所謂的Miss Zhang當然指的是章小舫，可
是當本尊一問起，王翰東卻選擇逃避，他本人也道不出
個所以然來。

"原來同音不同字，"章小舫答，"不過也很湊巧，畢竟
中國姓氏有成千上萬個。對了，你還有別的歌嗎？"

"有，幾十首呢！妳想聽？"

"嗯！求之不得。"

王翰東唱了多久的歌，章小舫便聆聽了多久，是聚精會
神的那一種，不是敷衍了事。

半小時過去後，章小舫終於想起王翰東應該潤潤喉，遂
提議到客廳休息一下。

"也好，我的喉嚨的確有點兒乾。"他答。

於是兩人走出房外，不料卻與劉夢菲碰個正著。

"妳……妳怎麼在這裡？"章小舫驚訝問道。

"這句話應該由我來問——妳怎麼在這裡？"

章小舫一時不知該如何回答，下意識喊著："周阿姨。"

"這裡沒有周阿姨，只有許阿姨。"劉夢菲看向廚房，"
許阿姨，妳出來一下。"

話音一落，一個繫著圍裙的胖墩墩婦女從廚房走了出來。

"這是幫我做事的阿姨，姓許。" 劉夢菲彷彿看笑話般地介紹著。

章小舫懵了，這是怎麼回事？

"等等，一定有事搞錯了，我得打電話求證一下。" 她說。

"如果妳想打給老陳，我勸妳別打了，因為他正在飛機上，能接聽才怪。" 劉夢菲說完，轉向許阿姨，"妳去忙吧！把剛買回來的烏雞煲上，否則味道出不來。"

"是的，夫人。" 許阿姨畢恭畢敬地答。

有那麼幾秒鐘，章小舫感覺自己進入了平行時空（否則無法解釋眼前的"物是人非"），不過也只是幾秒鐘的迷茫而已，因為王哥哥就站在自己身邊，總不致於他也跟著一塊兒墜入平行世界了吧？！

此時墮雲霧中的章小舫還是決定撥打電話，可惜一語成讖——Uncle真的關機了。

看章小舫的表情，王翰東心中了然，他讓章小舫隨他一起離開這座宅子。

"可是……"

"我知道，反正你Uncle早晚會開機，到時候就水落石出了，總比杵在這裡要好。"

章小舫想想也對，於是兩人收拾東西準備離去，可是劉夢菲卻叫住他們。

"等等，我得檢查一下袋子，看你們有沒有偷東西？"

話甫歇，劉夢菲伸手過去，反被王翰東給制止了。

"袋子裡裝的是電吉他和音箱，妳要檢查也可以，但如果沒有找到屬於這棟房子的任何東西，妳必須連續3天在各大媒體平臺刊登道歉啟事，否則就等著我的律師給妳發律師函。"他停頓了一下，"對了，敝姓王，是王藥集團的負責人，也住在這個小區。"

聽說這個文質彬彬的男人正是王藥集團的負責人後，劉夢菲立即矮了一截，話也不帶刺了。

"既然是鄰居，人品肯定沒問題，你們走吧！我不檢查了。"她說。

待人走後，劉夢菲五味雜陳，本來她只想給章小舫來個下馬威，只要對方服軟，她便既往不咎，仍讓"學妹"在陳家保有一席之地，可是當得知這個只比她小2歲，卻總是被幸運眷顧的女人居然交了一個有顏、有才又多金的男友後，她醋意大發，心想憑什麼所有好的都歸章小舫，而她只能守著一個年邁老人？

嫉妒之火燒得劉夢菲面目全非，本來能忍的，現在全不能忍了，她發誓一定要將那個"眼中釘、肉中刺"逐出陳宅外！

第二十七章/百轉千迴

王翰東邀請章小舫到他家喝茶，順便平復一下心情，她無可無不可地接受了。

"妳認識那個趾高氣揚的女生嗎？" 王翰東問。

"認識，" 章小舫抿了一口熱茶，" 她是已畢業的學姐，也是服裝學院的。"

王翰東心想——既然是服裝學院的學生，不知弟弟認不認識此人？

"看樣子她跟妳Uncle很熟。" 他繼續問。

"這也是我的不明白之處，他倆雖曾見過面，私下應該沒有交集才是。"

"我相信你Uncle對此會有一個解釋，倒是妳，老待在陳家也不是辦法，什麼時候去美國見父母？"

章小舫很驚訝，問他怎麼知道她父母住在美國？

"我太太說的，難道不是？" 王翰東反問。

章小舫赫然想起她的確曾在與凌姐的電話通話中簡短地
介紹過自己的雙親。

"陳哥哥......也就是Uncle的兒子，他不喜歡我老住在他
家，我也答應讀完大學就會回美國去，可是Auntie已經
不在了，我怎麼捨得留Uncle一人面對寂寞？加上Uncle
也沒趕我走的意思，反倒希望我多陪陪他。"

"我也認為妳應該留下來。"

"為什麼？"

一句"為什麼"把王翰東問住了，他希望她留下乃出於私
心，可是他不能這麼答。

"因為這裡有妳熟悉的一切呀！當然，回到父母身邊也
是人之常情，所以最好的狀態是畢業後留在國內工作兩
年，接著再決定去留。"他說。

章小舫也認為這樣的安排很好，有了工作經驗，到哪兒
都比較容易再找到相關工作，而王翰東想的卻是留住她
，不管用什麼藉口。

"你呢？是不是大學一畢業就接管家族企業？"她問。

"也不是，這中間還發生很多事......"

就這樣，他倆從家事談到國事，再從國事談到天下事，
結果發現彼此的三觀頗為一致，不同之處在於章小舫比
較直接，有啥說啥，而王翰東習慣"悶聲發大財"（但心
裡想的卻與章小舫不謀而合）。

"我有個疑問，像妳這樣受過菁英教育的人怎麼也會喜
歡搖滾樂？"王翰東終於道出心中疑惑。

"實話告訴你，從小到大我接觸的多是古典音樂，但我
本人並不排斥流行音樂，尤其你的作品屬於搖滾樂早期
，還帶著那麼點兒憂鬱色彩，如果真到了重金屬音樂的
程度，我恐怕也接受不了，因為太過了。"

這段話觸碰到王翰東心裡的那根弦，因為他的外表雖溫文儒雅，內心卻有座火山，惟有通過音樂才能釋放心中負能量和壓抑許久的情感，不過這樣的"任性"還達不到"瘋狂野蠻"的程度，與章小舫所言剛好對上了。

" 是的，我也不喜歡重金屬音樂，那太過了。" 他答 ，" 對了，妳學的是什麼樂器？"

" 鋼琴。"

" 哪天能聽妳彈琴嗎？"

" 可以，Uncle的別墅裡就有一臺三角鋼琴，不過得等我把今天的事情搞清楚了再說。"

王翰東當然明白所謂的搞清楚是什麼意思，遂問：" 妳要不要現在就打給妳Uncle？"

" 不了，我回去再打，現在時間晚了。"

王翰東這才留意到天色的確晚了，此時的他反倒擔心自己的老婆會忽然進門，那麼他要如何"自圓其說"？

" 時間的確晚了，我送妳回市區吧！" 他說。

" 也好。" 她答。

當王翰東開車駛離小區時，凌佩雅剛好回來，兩車交錯，凌佩雅還按了一聲喇叭，可惜她老公並沒有搖下車窗，反而加速離開。

" 奇怪！這個時間點正準備吃飯，翰東上哪兒去了？" 凌佩雅邊想邊將車往家的方向開去。

回到王翰東駕駛的車內，章小舫說：" 剛剛那輛好像是凌姐的車。"

" 是嗎？我沒注意到。"

其實王翰東注意到了，所以到現在還驚魂未定，他希望待會兒回去後不會被盤查。還有，雖然他已未雨綢繆地買通家裡的唐阿姨，但難保不會被策反。簡言之，此時此刻的王翰東相當焦慮，以致章小舫問一句，他才答一句，而且簡短到以"是或不是，有或沒有"來敷衍，讓章小舫頗為不適應，索性不再發言。

到達目的地後，王翰東也只是禮貌性地道了句"再見"便揚長而去，與之前的侃侃而談形成強烈對比。

章小舫雖然不解（甚至帶著些許怒氣），但注意力很快被轉移，因為家裡主臥室的燈已亮起，代表Uncle回來了。

反觀王翰東，回家後戰戰兢兢，直到老婆表現如常，一點兒也不像要"查案"的樣子，他才放下心中巨石，坐下來準備吃晚餐。

"唐阿姨，今天我出門後，家裡來人了嗎？"凌佩雅邊問邊撿了塊比較不肥的紅燒肉到碗裡，"不然茶具怎麼洗了？"

"沒……沒有啊！只有先生一人。"唐阿姨神情緊張地答。

"一人使用兩個杯子？"凌佩雅又問。

王翰東主動回答了那個問題，表示自己泡多了茶，所以讓唐阿姨也喝一杯。

"是這樣的嗎？"凌佩雅問唐阿姨。

"是……是的。"唐阿姨小聲地答。

"妳可以走了。"

待唐阿姨離開後，王翰東問起婦利會今天討論了什麼？凌佩雅答還不是那些破事，換湯不換藥。

"那麼下次別去了。"他說。

"怎麼可以？這是認識人的機會，我可不想放棄。"

因為換了話題，兩人的談話氣氛還算融洽，此刻的王翰東"終於"放下心來，臉上也有了笑意。

第二十八章／見雀張羅

陳先生一開機便發現有好幾通未接來電，分別來自章小舫和劉夢菲，不同之處在於前者並未留下隻字片語，而後者卻一連發來十幾條語音留言，看起來很著急的樣子，陳先生反倒退卻了，因為今天的談判不順利，他累了，不想再有任何煩心事，所以打算明天再聽。

回到章小舫，進屋後的她問胡阿姨：「我Uncle什麼時候回來的？」

「大概有半小時了。」

「他在睡覺嗎？」

「不清楚，不過他交代妳若餓了可以先吃飯，不用等他。」

由於不確定Uncle是否在休息，章小舫並沒有敲門詢問，而是回屋歇著，可是等她坐下來吃晚飯時，陳先生也入座了。

「小舫，今天為什麼打電話給我？有事嗎？」他問。

「等吃完飯再說吧！」

“沒事，妳說我聽。”

“劉夢菲……也就是我學姐，她怎麼住進金色花園？還有，原來的周阿姨不見了，換成了胖一點兒的阿姨，這是怎麼回事？”

不諱言地說，當陳先生聽到“劉夢菲”三個字時，他差點兒腦梗，心想小舫怎麼一聲不吭就回金色花園了？害他一點兒心理準備也沒有。

“噢！那個……”陳先生邊吃飯邊思考，“劉……妳學姐臨時無處可去，她是暫住的，至於周阿姨……她老家有事，所以我又僱了一個。”

“原來如此。”章小舫停頓了一下，“學姐叫你老陳，那個新來的阿姨還喚她夫人，我還以為……算了，事情說開了就好。”

陳先生一聽不好了，怎麼她倆還見上面了？

“劉……咳，妳學姐還說了什麼？”陳先生問。

“沒了。”

此時的陳先生鬆了一口氣，心想還好事情尚未惡化，他還有機會補救。

“今天的豬腳燉得很爛，滿滿的膠原蛋白，妳吃了能養顏美容。”陳先生說，改話題的意味濃厚。

吃完晚飯，陳先生回屋去，第一件事便是撥打劉夢菲的手機號，結果一接通，對方的吐槽便排山倒海而來……

待劉夢菲發洩完畢，陳先生才給出噩耗：“聽著，我另外找房子給妳住，妳立刻搬出金色花園。”

劉夢菲一聽彷彿晴天霹靂，她沒料到老東西會拉偏架，甚至不惜將她掃地出門。

"你若敢讓我搬，咱們就分，而且立即執行。"劉夢菲甩出殺手鐧。

"隨便妳，如果這是妳想要的。"

劉夢菲原本只想嚇唬一下，哪曉得弄巧成拙，這要如何收場？

還好她腦筋動得快，不一會兒就讓她想到一記妙招，幸運的話或許能一石二鳥、反敗為勝。

"分手可以，"她假裝平靜地說，"但我的青春有價，一百萬元，少一分都不行。"

陳先生正愁不知如何擺脫這個燙手山芋，既然對方給出價碼，那再好不過，誰讓他管不住自己的下半身呢？

"行，過兩天我匯給妳。"他說。

"不許匯！我就要現金，而且明天就要。"

陳先生問她是不是遇上麻煩了？否則怎會忽然需要那麼大一筆錢？結果反被劉夢菲回嗆——你以為一百萬元很多嗎？買個好點兒的包都不止這個數。

"好好好，不多不多，妳高興就行。"陳先生很無奈地答。

"那就這麼說定了，你明天過來一趟。"她說。

"我儘量。"

"聽好了，如果不來，後果自負！"

掛上手機後，劉夢菲立即網購，並且叫了閃送服務。等東西一送到，她馬上安裝和測試，確保萬無一失。

第二十九章/興風作浪

為了打發劉夢菲，陳先生今日特意提早下班，可是當他進屋時，氣氛卻有點兒詭異，尤其地上還有一個香蕉造型的毛絨玩具，上面綁著一條粉色絲帶，一直延伸到樓上。

"周阿姨！"陳先生喊。

發現無人回應後，他赫然想起周阿姨已被劉夢菲辭退，可是新來的阿姨姓啥呢？

當陳先生搜索枯腸時，地上的香蕉忽然動了起來，顯然有人拉動絲帶，並且將它往樓上帶。

就這樣，陳先生跟著"香蕉"上樓，又跟著"香蕉"進主臥室，結果發現劉夢菲躺在床上，被子蓋得嚴嚴實實的，只露出頭髮來。

"20多度還蓋被子，不熱嗎？"他問。

劉夢菲不吱聲，於是陳先生主動告知錢在樓下的行李箱內，同時問她什麼時候搬出去？

話都說到這個份上，劉夢菲還是裝死，陳先生也來了氣，奮力將被子掀開，結果被眼前的一幕給驚呆了。

"紅的紅，白的白，黑的黑，全是你的。"說完，戴著貓女面具的劉夢菲還伸出舌頭挑逗。

陳先生雖已屆耳順之年，但也是一名正常男人，哪經得起這樣的誘惑？於是開始動手解衣褲，一刻鐘後……

"錢在樓下的行李箱內。"心律已恢復正常的陳先生舊話重提。

"多少？"劉夢菲問。

"一百萬。"

"不夠。"

"怎會不夠？一百萬可是妳說的。"

"那方才的怎麼算？"

陳先生電光一閃，原來劉夢菲要的是買春錢。

"我倆之間還計較這個？"他問。

"沒辦法，你不要我了，我當然得攢錢，尤其還有個小寶寶要養。"

當劉夢菲和陳先生約好見面後，她提前做了兩件事，一是閃購針孔攝像機，二是買了一份真假難辨的驗孕報告單。她的如意算盤是這麼打的——如果老陳堅決讓她墮胎，她便魚死網破，用不雅視頻勒索他，反正自己已戴上面具，丟臉的只會是老陳。

"妳說什麼？"一臉震驚的陳先生問。

"我說我得攢錢。"

"後一句。"

“我懷孕了，有驗孕報告單，你想看嗎？”

看過報告單的陳先生不發一語，於是劉夢菲主動表示孩子生下後可做親子鑑定，以驗真偽，但別想讓她墮胎，因為這是一條生命，她得為肚裡的孩子負責……

“誰讓妳墮胎了？”陳先生反問，“我高興都來不及，怎會做這種虧心事？只是消息來得突然，一時半會兒還不敢相信這是真的。”

劉夢菲覺得好笑，她都還沒一哭二鬧三上吊，老陳就棄械投降，這未免也太好騙了吧？！

“你還讓我搬出去住嗎？”她眼露哀戚地問。

“不了不了，妳想待多久就待多久。”

“那錢……”

陳先生愣了一下，才想起樓下行李箱裡的錢。

“那一百萬元就當是給妳的獎勵，妳想買什麼就買什麼，只要妳高興。”

事情發展至此，劉夢菲也算是打了場勝仗，可是一想起仍被蒙在鼓裡的章小舫，她就來氣，怎麼也不能便宜了那個婊子！

“聽著，我改主意了。”她說，“這裡緊鄰球場，不適合養胎，我想搬到市區與你同住，這樣小寶寶也能天天看到爸爸。”

若按照劇本來，劉夢菲肚裡的孩子此時應該只有一顆種子大，可是她就是有辦法誇大其辭，彷彿下一秒孩子就會喊爸爸了。

面對劉夢菲的“反覆無常”，陳先生猶豫了——如果劉夢菲搬進來，等於宣告兩人的戀情，他要如何向小舫解釋？

“我看這件事還是緩緩再說吧！”

很明顯，陳先生打算採拖字訣，可是劉夢菲卻不吃這一套，而且為了取得贏面，她竟不惜把昨天發生的事加油添醋地轉告給老陳聽。

“妳說小舫把一個男的帶到這裡來？”他驚訝問道。

“是的，那人是個歌手，穿著帶鉚釘的皮夾克，還留著爆炸頭，一看就很不正經。還有，他倆在一樓的客房內鬼鬼祟祟的，一待就是一個多小時，你若不信，新來的許阿姨可以做證。”

劉夢菲把玉樹臨風的王翰東形容得像個痞子或混混，反倒讓陳先生起疑，因為印象中的章小舫不像會與那樣的人有交集。

“讓我核實過後再說吧！”他答。

“行，那你走吧！把門帶上。”

劉夢菲說完，翻身過去，裸露的後背線條看起來很迷人，陳先生忍不住爬上床。

“這次我會很小心的。”他在劉夢菲的耳邊低語著。

第三十章 / 初生齟齬

電梯門一開，陳先生就聽到叮叮咚咚的鋼琴聲，越近家門，聲音越清晰。

"先生，你回來了。"胡阿姨開門後說，同時接過公事包。

"是小舫在彈琴嗎？"陳先生問。

"可不是，已經彈了一晚上了，真是太陽打西邊出來。"

話說章小舫從小就接觸鋼琴，證書也拿到了十級，可是上了高中之後便很少彈了，如今琴聲再現，很是蹊蹺。

陳先生站在房外，直到琴聲停下後才敲門進入。

"彈的什麼？"陳先生問。

"Miss Zhang。"

"什麼？"

章小舫淺笑過後，解釋這是朋友創作的一首曲子。

"跟妳以前彈的完全不一樣。"陳先生說。

“當然不一樣，這是一首搖滾樂，有歌詞的，想聽嗎？”

“好。”

於是章小舫邊彈邊唱，非常投入，可是陳先生卻越聽越不是滋味，顯然，這是那個混混寫給小舫的情歌，而且一點兒也不避嫌，連歌名《Miss Zhang》都赤條條地透露出創作者的意圖。

一曲罷了，陳先生給了稀稀落落的掌聲，連章小舫都聽出當中的敷衍。

“我唱得不好。”她說。

“跟唱功無關，而是曲子不好，充其量只能算是靡靡之音。”

因為這個評價，章小舫花了數分鐘為創作者辯解。

“看來妳跟這個作曲人很熟，何不介紹一下？”陳先生說。

章小舫沒多想，開始描述起這個人——王翰東，溫文爾雅、有才氣、舞臺爆發力強，假以時日必是樂壇上的新星……

陳先生心想舞臺爆發力強的人怎麼可能溫文爾雅？果然小女生的想法與眾不同！

“你倆認識多久了？”他進一步問。

“嗯……”章小舫想了想，“服裝展時第一次見面，距今應該有一個多月了吧？！對了，他老婆還約你見面，你總說忙。”

陳先生赫然想起，的確有這麼回事，現在終於能對上號了。

“原來這人有老婆，妳得小心點兒。”他說。

“小心什麼？”

“小心別跟他走得太近，譬如讓一個認識不到兩個月的人進到金色花園的家裡，這就很不智，妳並不清楚他是人是鬼。”

章小舫電光一閃，Uncle怎會知道王翰東的動向？顯然八卦的人不是學姐就是新來的阿姨，不管哪個，都讓章小舫很是不悅，說話也就沒那麼客氣了。

“他當然是人，只有不是人的人才會懷疑別人居心不良。”

章小舫劍指的當然是學姐或許阿姨，可是陳先生卻對號入座了。

“聽著，妳不許再跟那個有婦之夫見面，這是命令，除非……”

“除非什麼？”

陳先生欲言又止，最後還是將怒氣壓下，表示時間晚了，明天再說。

次日，陳先生原本想糊弄過去，假裝什麼事都沒發生過，豈料章小舫哪壺不開提哪壺，不僅舊話重提，還義正辭嚴地表示自己有交朋友的權利和自由，何況王翰東是個好人。

“好人會寫在額頭上嗎？我都不確定自己是不是好人，妳倒是替一個認識沒多久的人背書。”陳先生沒好氣地說。

“現在的你的確不是好人，我印象中的Uncle不是這樣的。”

陳先生自認待小舫不薄，甚至比對親生兒子還要好，如今這個“捧在手裡怕摔了，含在口裡怕化了”的寶貝兒卻認為自己不是好人，殺人誅心也不過爾爾。

“夠了！”陳先生拍桌站起，“妳如果覺得待在這裡受委屈了，大可離開，我不在乎！”

說完氣話，陳先生火速回房，留下錯愕不已的章小舫。

聞聲趕來的胡阿姨不明所以，問出了什麼事？

老實說，章小舫也不明白今晨的Uncle為什麼火藥味十足？她不過是就事論事，怎麼就捅了馬蜂窩？偏偏還有人不識相，自然成了發洩對象。

“胡阿姨，請端正一下自己的言行，這是一個下人該管的事嗎？”她推桌站起，“我不吃了，妳收拾一下吧！”

話一答完，章小舫回到房間，此時也只有繪圖能讓她平復心情，再說，她已經答應凌姐這週末給初稿，時間有限，她得加緊趕工了。

第三十一章/雨過天晴？

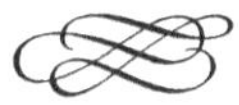

被傷透心的陳先生，轉身就找劉夢菲訴苦去。

"我不明白，我對她那樣好，她卻如此待我，我感覺真心都餵了狗！"陳先生像個受盡委屈的小男孩，邊說邊替自己感到不值。

"你呀！早該有人潑你冷水了。按你說的，章小舫打小吃你的、穿你的、用你的，說到底，她不過是隻趴在你身上吸血的寄生蟲而已，如今露出真面目，你應該額手稱慶才是。"

聽到有人批評他的心頭肉，陳先生反倒開始替章小舫說話，這讓劉夢菲大為光火。

"我看你是不見棺材不掉淚，得，既然她那麼好，你何不回家去？找我幹啥？"

見劉夢菲真動了氣，陳先生只好又趕著安撫人。

"別只會動動嘴皮子，我要的是一個態度，說！我能不能搬到市區與你同住？"

陳先生語塞了，因為他還不想改變現狀（縱使章小舫已傷透了他的心）。

"我看這事還得從長計議，"陳先生離開劉夢菲的懷抱，同時正襟危坐，"非必要，我不想與小舫撕破臉。"

劉夢菲沒料到老頭子對章小舫用情至深，即使她使出渾身解數搞破壞，依然無法撼動對方的地位。

"行，我不逼你，哪天你想通了再來接我過去住吧！"她說。

對於劉夢菲來說，住得遠才自由，"搬到市區"不過是為了正名兼打擊章小舫，既然老頭子不願意，她也樂得過上幾天逍遙自在的日子，然而陳先生卻有不一樣的解讀，他認為劉夢菲不吵不鬧，是明事理的表現，當然不能薄待，遂承諾過幾天會給對方一張副卡，讓她想買什麼就買什麼。

此話一出，劉夢菲喜形於色，忙問副卡的消費額度是多少？

"每月十萬元，和小舫一樣。"陳先生答。

起初，劉夢菲還覺得十萬元不壞，但一聽說與章小舫的待遇一樣，立馬就不高興了。

"妳怎麼好像不開心的樣子？"陳先生問。

"我是不開心，你也不想想我肚裡還有一個，兩個人和一個人的用度怎能一樣呢？何況章小舫還與陳家毫無血緣關係。"

陳先生想想也對，遂又加了十萬，豈料這個舉動不僅沒替自己加分，反倒養大對方的胃口（劉夢菲心想這麼輕易就碾壓章小舫，未來肯定指日可待）。

反觀章小舫，自從今晨與Uncle發生不愉快後，她一心想求和，好不容易終於把人給盼回來了。

"Uncle，你回來了。"章小舫走上前去，同時接過公事包，"累了吧？！"

"是累了。"他答，"妳一天都做了啥？"

"早上畫了設計稿，下午到學校上課。"

"好，很好。"

話匣子一打開，兩人又回到和睦的從前，誰也沒再提不愉快的事（不說，矛盾就不存在了，不是嗎？）。

晚餐桌上，這對不是親人卻勝似親人的"父女"像往常一樣話家常，笑聲連連，陳先生不禁心生感慨——還好沒讓劉夢菲搬進來，否則哪能享受到這幸福時光？

"Uncle，你怎麼忽然不說話？在想什麼？"章小舫問。

陳先生大夢初醒，解釋道："我忽然想起妳學姐，她老待在金色花園也不是辦法。"

"的確，幫人也得有個限度，如果你不方便開口，就由我來說吧！"

"不不不，是我讓她住進去的，還是由我來說。"

陳先生忽然提到劉夢菲並非偶然，為的是提早替"消失的她"埋伏筆，可是在章小舫聽來卻有不合理之處——既然Uncle已決定親自趕人，何必說上一嘴？

還好章小舫是個心思簡單的人，既然學姐即將搬離且無需她插手，這是好事，她樂得作壁上觀

"Uncle，你打算什麼時候對學姐說？"章小舫問。

"這個週末。"

聽聞，章小舫的心喀噔了一下，這週末凌姐約她見面，地點也在同一小區，自己該不該將此事報告Uncle呢？

想到Uncle對王翰東有成見，章小舫決定還是不說為宜，何況她見的是凌姐，不是王哥哥。

"小舫，妳怎麼忽然不說話？在想什麼？"陳先生問。

"沒什麼。"章小舫將思緒抓回，"Uncle，我看你今晚的胃口不錯，還需添碗飯嗎？"

"也好。"

於是章小舫喚來胡阿姨。

第三十二章 / 一波未平，一波又起

為了維持現狀，陳先生已做好"犧牲"劉夢菲的打算（將她送往美國待產），豈料意外發生了——駕駛中的他看見章小舫站在路邊與一名男士談笑風生。

"小舫，妳在哪兒？"陳先生邊開車邊打手機核實。

"我……和朋友一起。"她答。

"哪個朋友？"

"朋友就是朋友，你別管了！"

"我是妳的監護人，怎能不管？"

"那是從前，現在我已成年，你不再是我的監護人，我有交朋友的權利。"

如果數天前的齟齬算是割開陳先生身上的一道小口子，那麼當下的"劃清界線"無疑讓小口子變成了大口子，陳先生可謂鮮血直流、痛徹心扉！

"怎麼了？你的臉色看起來很不好。"劉夢菲一見面就問。

被心愛的章小舫"嫌棄"後，眼前人的一句問候像一雙溫暖的手，輕輕撫過陳先生那千瘡百孔的心。

"菲，妳愛我嗎？"他問。

"這是什麼爛問題？"她睨了他一眼，"都老夫老妻了，還問愛不愛？切，我不愛你愛誰？"

"那麼現在就表現出來。"

"表現？現在？你到底在說什麼？"

事後，劉夢菲感覺自己被性侵了，好好一個星期六早上就這麼被破壞掉，她氣不打一處來。

"對不起，妳還懷著孕，我卻......我真他媽的不是人！"陳先生懊惱不已地說。

劉夢菲心想這糟老頭真壞，但從嘴巴裡說出來的卻是——講什麼傻話？好花還需雨水澆灌，而你就是我的即時雨。

可能連劉夢菲做夢都想不到這段"言不由衷"的甜言蜜語竟成了臨門一腳，讓陳先生從此對她死心塌地。幸運的還不止此，她撒下的彌天大謊（懷上龍種）也在同一天成真，因為此時數以千萬計的小蝌蚪正奮力向她的子宮奔去………

視線回到章小舫，她剛掛斷手機，王姨便問她是誰打來的？

"我Uncle。"她答。

"那妳還這麼凶？"

"凶？有嗎？我不這麼認為。對了，怎麼你今天人模人樣的？看起來像個男人。"

"哎呀呀！說的什麼話？我本來就是男人，只是多數時候做中性打扮。"

“那麼你今日為何不做中性打扮？”

“還不是因為我哥，他讓我在父親忌日時‘正經’一回 。”

章小舫沒料到今日竟是凌姐公公的忌日，不免犯起嘀咕：“怎麼凌姐還約我今天看設計稿？”

“放心，”王姨答，“上墳是下午的事，看設計稿的時間還是有的。”

聽完，章小舫鬆了一口氣，接著提議一同回金色花園。

“好，等我把手裡的咖啡喝完。”王姨答。

第三十三章／出乎意料

從王家歸來後，章小舫尚不知一切已物是人非，所以當見到胡阿姨在收拾行李時，竟問了一個後來連她自己都覺得好笑的問題：「胡阿姨，妳收拾行李是為了逃難嗎？」

「是啊！不止我逃難，還包括妳呢！」胡阿姨不急不徐地答。

「我？開什麼玩笑？」

「不開玩笑，陳先生說晚飯開始前，妳和我都得搬到新家去，好空出位置讓女主人和她的阿姨搬進來。」

章小舫迷糊了，哪來的女主人？再說，如此重大的事，怎麼Uncle不直接告訴她，而是由下人傳達？

「不行，我得打電話問個清楚。」章小舫說。

事實證明此舉乃自取其辱，因為陳先生不僅在電話中大方承認自己與劉夢菲的私情，還揚言對章小舫的資助只到大學畢業為止，接下來她就得靠自己了。

「為什麼？」她問。

"沒有為什麼，天下無不散的宴席，從今往後，我只會對家人負責。"

"家人？你指的是......"

"我指的是劉夢菲和她肚裡的孩子。實話告訴妳，我已預約了後天早上領結婚證，就差通知我兒子了。"

聽完，章小舫用力眨了眨眼，想確認自己沒做夢。

"妳還有事嗎？沒事我掛了。"陳先生冷冷地說。

"有。"章小舫很快地答，"胡阿姨說你讓我們搬家，這是搬到哪兒去？還有，你說會資助我到大學畢業，這包括房租、學費和生活費嗎？會不會連我的零用錢也停了？"

陳先生答在他想出更好的地點前，她和胡阿姨就暫且住進金色花園，至於其他，依然照舊。

章小舫覺得可笑，被掃地出門又怎可能"照舊"呢？

"好，我搬，現在就搬，如果這是你想要的。"

章小舫以為這麼說，Uncle就會感到內疚，接著承認方才不過是置氣而已（起因是她今早出言不遜）。然而事情的發展並沒有按她的設想來，陳先生不僅毫無歉意，甚至表示如果東西無法一次性搬完，日後還可叫閃送服務。

此番表態讓章小舫大呼不妙，但她強迫自己冷靜下來。

"妳還有事嗎？沒事我掛了。"陳先生又說。

"我沒事了，祝你和新娘子百年好合、永遠幸福美滿！"

陳先生愣了一下才答了聲謝謝，接著掛斷手機。

這不是章小舫想要的，但什麼才是她想要的？她一時也說不清，不過有件事倒是板上釘釘，那就是她的靠山就要靠不住了，她極需另一雙有力的臂膀，不僅接住她，還得將她高高舉起，好讓她住進高空樓閣裡，不染世間一切塵埃……

那麼得償所願的劉夢菲又是怎麼想的？一開始，她並不滿意老頭子的安排（憑什麼失寵後的章小舫依然得到照顧？包括住進金色花園且不用擔心畢業前的經濟問題），但轉念一想，既然章小舫的男友也住在同一小區，難保血氣方剛的兩人不會出亂子，她正好藉機棒打鴛鴦，來個釜底抽薪，這才是解恨的正確打開方式！

想至此，劉夢菲邪惡地笑了。

第三十四章／養老鼠咬布袋

只一個禮拜的工夫，章小舫便接受"Uncle的愛已給了別人"的事實，雖然殘酷，但沒想像中難消化，因為在這一個禮拜內她又要上課，又要製作凌姐的衣裳，忙碌的生活多少轉移了注意力，可是偶然想起，她還是會難受到想掉眼淚。每當這時候，她便彈琴（別墅內恰好有一架三角鋼琴），那些靈動的音符陪伴和治癒了她那不期而至的憂傷與哀愁⋯⋯

這一天，當她正彈奏《Theme From Love Story》時，聽見"扣扣"兩聲。章小舫充耳不聞，直至一曲罷了，她才允許胡阿姨開門進入。

"什麼事？"她問。

"有位王先生想見妳，他說他是妳的朋友，也住在這個小區。"

話甫歇，章小舫立即知道來者是誰。

"請他到客廳坐，我馬上下樓。"她答。

說是馬上下樓，章小舫還是磨磨蹭蹭了近40分鐘，因為還得給頭髮做造型，衣服也得換。

"嗨！"打扮完畢的章小舫站在二樓跟客人打招呼。

王翰東看直了眼，一起身，差點兒打翻茶几上的果汁。

"小心！"她邊下樓邊說，"地上鋪的是波斯地毯，可難洗了。"

"對不起，對不起，失禮了，失禮了。"

王翰東的慌張讓章小舫忍不住噗嗤一笑，接著問："怎麼你今天有點兒不一樣？看起來很緊張的樣子。"

王翰東是緊張，本來因聽到琴聲就貿然上門已讓他神經緊繃，再看到章小舫那無懈可擊的笑容和宛若出水芙蓉般的身影，他不毛髮為豎才怪！

"嗯！有點兒，因為見到妳。"他答。

"見到我？這有什麼好緊張的？"

"因為......因為每次見面妳都能給我帶來驚喜，像開盲盒一樣。"

章小舫有點兒懵了，不明白這是什麼狀況？

她邊坐下邊整理思緒，最後決定轉移話題，問是不是凌姐讓他上門察看衣服的製作進度？

"不，跟衣服無關，是我自己。"他停頓了一下，"今日行經這裡，忽聞琴聲，我猜是妳彈的，所以碰碰運氣。"

"的確是我彈的，其實你也無需碰運氣，因為大學畢業前，我都會住在這裡。"

"這是怎麼回事？"

章小舫正愁無人可傾訴，加上王翰東也見過劉夢菲，索性把新近發生的事全一股腦兒地說給他聽。

"妳一定很難過。"王翰東說。

"嗯！難過肯定有，我感覺自己被拋棄了，像個孤兒似的。"

"別怕，"他握了一下她的手，"妳還有我，我會堅定地站在妳這邊。"

這突發的"肌膚之親"讓兩人同時產生了微妙的化學反應，章小舫沒戀愛過，只覺得那股電流很新奇，但王翰東已是這方面的老手，他知道自己愛上了這個比他小十幾歲的年輕女孩......

"咳咳、"王翰東用力咳嗽兩聲兼鬆手，好掩飾自己的慌亂，"妳不是答應彈琴給我聽嗎？擇日不如撞日，我看就今天吧！"

"現在？"

"如果方便的話。"

對章小舫來說，彈琴就像吃家常便飯一樣自然，無所謂方便或不方便，於是兩人聯袂上樓。這一幕恰好被胡阿姨給瞧見了，她匆忙撥打劉夢菲的手機號。

"他們上樓幹啥？"劉夢菲問。

"不知道......等等，我聽到琴聲了，應該是章小姐彈琴給那位先生聽。"

"妳多留點兒心，只要這兩人有任何不軌行為，妳立即拍照存證。"

"拍照？"胡阿姨揚起聲，"這我哪敢啊？我還想保住工作呢！"

“放心，只要妳能提供有力的證據，我會給妳20萬塊。拿上這筆錢，妳再換個城市工作不香嗎？誰還認得出妳來？”

算一算，胡阿姨已在陳家做牛做馬了十多年，甚至比章小舫入住這個家的時間還要長。按理說，這樣的人不應該"背叛"曾是家庭成員之一的章小舫才是，無奈她唯一的兒子要娶親，女方既要房，還要28萬8的彩禮錢，她張羅不出來，正發愁時，劉夢菲伸來橄欖枝，答應每月多給她1000元，只要她報告章小舫的"可疑"行蹤即可。在金錢的誘惑下，胡阿姨答應當內鬼，如今劉夢菲又應允更多，她心想只要收下這20萬塊，再跟親戚朋友借點兒，應該就能走出困境……

“好，只要他倆上床，我會盡力給妳想要的證據。”胡阿姨答。

第三十五章 / 像霧像雨又像風

章小舫選擇的第一首鋼琴曲是電影《愛樂之城》的插曲《Mia & Sebastian's Theme》，節奏慢中帶快，曲風既悲傷又有歡喜。

王翰東越聽越激動，心想這樣的人才豈能錯過？

"Encore." 一曲罷了，他邊大力鼓掌邊讚賞著。

章小舫起立，做了個屈膝禮後，緊接著又彈下一首。

就在王翰東第6次高喊Encore時，章小舫說她不行了，得休息一下。

"抱歉，是我太不體貼了，妳的確應該休息。" 他停頓了一下，"在我們離開琴室前，我能問妳一件事嗎？"

"可以，你問。"

"我想組一支搖滾樂隊，由妳擔任鍵盤手，我負責吉他主唱，其他如貝斯手和鼓手，我們另外再找，妳怎麼想？"

"我？鍵盤手？" 章小舫很是驚詫，"我行嗎？"

王翰東答太行了，以她的功力完全沒問題，只不過如果能彈鍵盤吉他就更好了，因為舞臺的表現力會更佳。

章小舫聽過"鍵盤吉他"，據說這是"鋼琴+吉他"的一體機，自帶伴奏功能，能達到"一個人就是一支樂隊"的效果。

"可是我沒接觸過這種樂器。"她坦言。

"沒接觸過沒關係，可以學啊！"他答。

聞言，章小舫兩眼發光，但只一會兒的工夫，她眼裡的光便不見了。

"怎麼了？"王翰東問。

"沒什麼，"她蓋上琴蓋，接著站起，"我希望自己是條八爪魚，有8隻手，那麼就能同時做很多事了。"

"如果妳指的是替我老婆製作衣服這件事，那妳多慮了，因為已經快完成了，不是嗎？等完成了，妳就有時間了。"

"你忘了我還得為畢業展的四套衣服忙活。"

"哪四套？"

章小舫回答商務裝、休閒服、運動服和晚禮服。

"那不正好？"王翰東釋然了，"等晚宴結束後，我讓雅雅妥善保存晚禮服，妳什麼時候想交作業就過來取，這不就省下1/4的時間了嗎？"

章小舫表示理論上可行，但走秀模特兒的身材未必與凌姐一致。換言之，衣服還得改，這對買家來說很不公平，誰會願意自己的衣服被修修改改？

"嗯！那倒也是。"王翰東思考了一下，"看來只能從其他地方下手，好比由我負責送妳上下學，如此一來，既省下等車時間，同時也更加安全。"

說到章小舫的出行方式，無非三種，一是由龐司機護送，二是Uncle親自開車接送，三是叫網約車。如今大勢已去，她只能採第三種，加上金色花園的地理位置偏了點兒，等車等上半小時也是有的。

"好是好，只是太麻煩你了。"她說。

"不麻煩，何況這是交易，我護送妳，而妳要在最短的時間內學會鍵盤吉他。別擔心，我會指導妳，直到妳熟悉了為止。"

雖然章小舫並不排斥學習另一種樂器，但這種被"趕鴨子上架"的方式並不令她愉悅，而在王翰東看來，自己若不"勉強"對方，恐怕就要錯失良機，因為他總不能天天"變著花樣"上門，傻子才那麼做！

無論如何，此提議總算是被章小舫認可了，這也意味著王翰東從此可以"名正言順"地與她見面。雖然這位已屆不惑之年的男人一開始就動機不純，但他有色心無色膽，頂多只能算是抓住青春的尾巴，讓自己再"年輕"一回，誰成想隨著兩人的接觸多了，事情也開始往不可控的方向走去……

"這是和旋鍵，"王翰東握住章小舫的左手移向鍵盤吉他的握把部位，"總共有 II 個。"

"這個你教過了。"她小聲地答。

王翰東充耳不聞，繼續移動她的纖纖玉手至某個位置，說："這是滑音鍵，按照音階的走向，可分為上滑音、下滑音和迴旋式滑音。"

"這個我也已經知道了，我看你還是讓我自己摸索吧！"

章小舫之所以"抗拒"，乃因自己的內心已開始小鹿亂撞，但王翰東並沒有依了她，反而將"礙手礙腳"的鍵盤吉他放在鋼琴椅上，接著低頭聞她的脖子……

"你在幹嘛？"章小舫問。

"想知道妳用的是什麼牌子的香水，好香啊！"

"是MARC JACOBS的清甜雛菊淡香水。"

王翰東根本不關心答案，他開始移動位置，兩人的唇只有10釐米的距離。

"你在幹嘛？"她又問。

"想知道妳的唇膏是什麼味道？"

"沒有味道。"

"我不信。"

"你不信，我也沒辦法。"

"我想親自驗證一下。"

"如何驗證？"

於是他吻了她，一點一滴地把她的唇膏吃進去。

"有味道嗎？"她問。

"有，蜜桃味。"

"胡說！我用的是無香精。"

"我說的是妳，妳就是一顆大蜜桃，好鮮、好香、好好吃......"

在遇到章小舫之前，王翰東何曾想過自己也會說出如此肉麻的話來？然而此時此刻，調情卻成了水到渠成的事。

"別說了，"章小舫後退一步，"再說我要生氣了。"

"妳生氣啊！"王翰東上前一步，"我好想看妳生氣的樣子。"

章小舫接下來還真的勃然大怒，但不是針對王翰東，而是……

"胡阿姨，"章小舫橫眉怒目，"沒我的允許，妳怎麼擅自開門進來？"

"對……對不起，因為房內忽然沒了琴聲，我怕出事。"她答。

"能出什麼事？再說，妳好歹也敲個門，就這麼忽然闖入，成何體統？"

"對不起。"

"行了，出去吧！把門帶上。"

因為這個突發事件，好不容易營造出來的曖昧氛圍立即消失得無影無蹤，這對"師生"只得重拾樂器上課，殊不知就在這個moment，有個女人怒目圓睜，連殺人的心都有……

第三十六章／說者無意，聽者有心

一個多禮拜前，凌佩雅穿上章小舫精心設計與製作的衣裳參加生物醫藥企業家晚宴。席間，所有人都讚美她像個花仙子，也難怪，她身上那件抹胸魚尾裙上有幾株若隱若現的風信子，仔細一瞧，還有數隻黃色小蜜蜂穿梭其間……

面對好評，凌佩雅心不在焉地虛應著，眼睛則四處張望。

"找啥呢？"手裡拿著雞尾酒的馬總問她。

"找我老公，你看到沒？"

"不久前我跟他寒暄過，也許他上洗手間了。"

"找過了，沒有。"

掐指一算，王翰東只在入場時露過臉，接下來皆呈失聯狀態。為此，凌佩雅心神不寧了良久，正琢磨該不該報警時，她老公出現了。

"你上哪兒去了？"她暴跳如雷地質問，"手機不接、短信不回，你當我死了嗎？"

王翰東將盛怒中的老婆拉至會場外，解釋：“吳院長找我喝茶，我能不去嗎？妳知道我已經盯這條線盯很久了。”

此話一出，凌佩雅的怒氣消失大半，但仍死鴨子嘴硬。

“你大可跟我說啊！這樣無緣無故消失，你知道我有多擔心嗎？”她答。

“哎！我還不是怕掃了妳的興。再說，這種場合根本就不屬於我，有我沒我都一樣。”

“縱使你有再多理由，但也不能關機啊！”

“沒電了嘛！”

正常情況下，這類小事會像生活中的其他瑣事一樣，很快被拋諸腦後，然而一個意外發現卻打破了這條定律，讓凌佩雅聞到了一絲不尋常的味道……

“你的手機還有40%的電量。”凌佩雅邊上床邊把手機遞過去。

“謝謝！”王翰東接過手機後答。

見老公沒有解釋的打算，她舊話重提，只是這次直指問題核心，不讓對方有任何逃遁的機會。

“妳忘了車上有充電器？”他答。

“既然充上了，為什麼不打個電話或回個信息給我？”她鍥而不捨地追問。

“我開車哪！這麼做多危險！”

聽起來不無道理，但凌佩雅就是感覺有事不對勁，結果一個禮拜過後便坐實了她的第六感——吳院長親口證實那夜並未找王翰東喝茶。

這個口子一被切開，近日生活中的種種怪異現象也一一浮出水面，好比清晨6點半，她那個四體不勤的老公便出門打高爾夫，理由是健身兼身材管理，還有還有，傍晚時分經常不見人影，一問起，總是見客戶，可是訂單卻沒有因此增加，而最離譜的事莫過於這個慵懶成性的男人某日"忽然"覺得飯後散步消食是必須的，並且劍及履及，每晚都付之行動。

種種跡象顯示王翰東已不同於以往。

為了驗證自己是不是想多了，今晚，凌佩雅趁著老公又外出散步，她即刻跟上，當目睹枕邊人走進那棟屋子時，她殺人的心都有。

"王翰東啊王翰東，你這是在向老天爺借膽，看我待會兒怎麼收拾你！"凌佩雅憤恨地想著。

一個多小時後，王翰東終於步出陳宅，當看到自己的老婆就立在跟前時，他嚇得魂都沒了。

"呵！原來你散步散到這兒來了。"凌佩雅的聲音帶著殺氣，"我來問問章小舫到底施了什麼魔法，以致於你日日樂不思蜀。"

"別別別，我的好老婆。"他將凌佩雅往反方向推去，"咱們回家，回家後要我怎樣都行，求妳了。"

王翰東的主動討饒並沒有為自己謀得生路，反而落實了姦情，而出軌一經"實錘"，凌佩雅當然怒不可遏，什麼難聽罵什麼，周邊鄰居紛紛探出頭來，喜歡看熱鬧的更是親臨現場。

此時，尚不知大難臨頭的章小舫也聽到屋外有動靜，遂從二樓陽臺往下俯瞰，當看到凌姐像個瘋婆子一樣罵街，而王哥哥拼命阻攔時，她喊來胡阿姨，問這是怎麼回事？

"人家老婆找上門來了，說妳偷人。"

“偷人？偷了誰？”

“還能是誰？當然是王先生囉！”

章小舫心頭一緊，她沒料到自己剛對王哥哥心生情愫就被發現，這速度也太快了吧？！

“現在怎麼辦？”她問。

本來胡阿姨還以為王太太故意找茬，章小舫的一句“現在怎麼辦？”讓事情反轉了（原來小主真的與人睡上了），看來自己太後知後覺了。

“妳別出去，我來通知人。”胡阿姨答。

章小舫以為胡阿姨會報警（好讓鬧事的人離開），結果警察沒來，Uncle倒是來了，一番好說歹說下，成功讓凌佩雅與她的丈夫回家去，而圍觀群眾見沒熱鬧可看，也跟著一一散去。

解決了立即的麻煩後，陳先生面色鐵青地進屋去，當看見章小舫時，立即質問這是怎麼回事？

“事實上，我也不是很清楚。”她答。

“人家老婆都上門了，妳還說不清楚，這合理嗎？”

“是不合理，但我是認真的，王哥哥教我彈鍵盤吉他，如此而已，胡阿姨可作證。”

自認“事不關己”的胡阿姨沒料到會被章小舫點名到，此時此刻，她也只能模稜兩可地答了聲：“嗯！”

話說陳先生與章小舫已朝夕相處了十多年，認識不可謂不長，他很清楚這孩子雖嬌生慣養，但本性是善良的，所以在小舫表明自己是無辜的之後，叮嚀了幾句便離開。

待四周皆安靜下來，此時的章小舫無疑是消沉的，所以當胡阿姨問她要不要吃點兒宵夜時，她果斷地答：“不了，妳可以休息去。"

這正中胡阿姨的下懷，因為她正打算向"金主"打小報告
。

"什麼？出了那麼大一件事，我卻是最後一個知道，妳
是怎麼辦事的？"劉夢菲對著手機大吼。

"原本我先通知的是妳，但妳關機了，我才打給陳先生
。"胡阿姨解釋。

此話一出，劉夢菲赫然想起今晚的孕婦瑜伽課程，胡阿
姨興許就是那個時候打來的。

"行了行了，最後結果怎樣？"她問。

"那對夫妻走了，陳先生在說了章小姐幾句後，也離開
了。"

本來劉夢菲聽說章小舫的"男友"是個有婦之夫，正慶幸
事情不會善了時，結局卻是匆忙落幕，不禁喃喃道："
難道真是個誤會？"

"不是誤會，"胡阿姨斬釘截鐵地答，"章小姐已經承認
自己與王先生有不倫之戀。"

"如果真是那樣，老陳又怎會善罷甘休？"

"因為章小姐在陳先生面前又是另一番說辭。"

這個答案無疑給了劉夢菲莫大的底氣，她等不及要在老
公面前將那個說謊精撕個粉碎！

第三十七章／離開傷心地

陳先生答應核實過後會給凌佩雅一個交代，於是她偃兵息戰，但這不等同放棄追究身邊的"嫌疑人"。

"雅雅，我錯了，我不該欺騙妳，下不為例。" 王翰東無比真誠地說。

"你欺騙了我什麼？" 她問。

"欺騙了……妳知道的。"

"我不知道！"

聞言，王翰東感覺脊背發涼但臉頰卻熱得發燙，想必"冰火兩重天"就是這種滋味吧？！

"你倒是說啊！" 凌佩雅再次催促，"和那個小女生發展到什麼程度了？"

"我們只是師生關係，我教她樂器，如此而已。"

王翰東不說則已，一說，點燃了凌佩雅內心的火藥桶，她起身不住地來回踱步，把王翰東搞得六神無主，臉上的血色也一點一滴地消失了……

“聽好了，”凌佩雅忽然止步，“如果到了這個節骨眼，你還想跟我打馬虎眼，那是找死，明白不？”

“明白。”王翰東像個孫子似地答，“我……我曾摸過她的手，兩人還……還接了吻。”

“還有呢？”她問。

“沒有了，我可以對天發誓，若有不實，必遭天打雷劈。”

見老公的樣子不像有假，凌佩雅多少感到心安，但這不代表她不生氣，哪怕只是精神出軌，在她看來也是不可原諒，何況那兩人還牽了手、接了吻……

“這只是你的片面之詞，”凌佩雅故作鎮定，“我還得聽聽那個婊子怎麼說。”

意識到老婆口中的“婊子”正是章小舫後，王翰東臉色大變。

“怎麼，不願意？”她問。

“不是不願意，而是既然她Uncle答應給妳一個交代，妳何不等一等？”

“我等不了了，你如果現在不打電話，明天我就上她的學校鬧去，看她還有沒有臉混下去！”

王翰東知道自己的老婆性子急，還真有可能做出“魚死網破”的事情來。為了顧全大局，他只能硬著頭皮打電話，同時按老婆的要求，開了免提，好讓她也能聽到談話內容。

已經在床上輾轉反側許久的章小舫，發現王翰東來電後，心情很是複雜，在接與不接之間猶豫，最後還是接聽了。

“小舫，是我，睡了嗎？”

“沒，睡不著。”

“既然這樣，我們談會兒。”

“好。”

“聽著，我很抱歉今日發生的一切，如果有錯，那一定是我，請原諒！”

“快別這麼說。”

“我們⋯⋯我們不要再見面了。”

本來章小舫準備了一肚子的話要跟王哥哥傾訴，聽到自己已被對方列入黑名單後，她忽然來氣，質問：“所以你打算撩完就走？”

“我說了，我很抱歉。”

“一句抱歉就將一切抹去，你當我是玩具？”

“對不起，如果時光能倒流，我一定不撩妳。”王翰東看了老婆一眼，接著像下了某種決心，“我離不開我老婆，真的，所以只能辜負妳了。”

這段“告白”無異給了一向自視甚高的章小舫一巴掌，好個明哲保身啊！

“回答我，當初你說想組一支搖滾樂隊，究竟是真的還是藉口撩我？”

這讓王翰東如何回答？組一支搖滾樂隊一直是他的夢想，至於是不是藉機與章小舫靠近⋯⋯那是不能說的祕密。

“我是真的想組一支搖滾樂隊，”他答，“如果我的舉止冒犯了妳，那全是我的錯，我只能再三抱歉了！”

至此，章小舫終於看清這個男人的本質——敢做不敢當，妥妥的利己主義者。

"行，就這樣了，從此你走你的路，我過我的橋，再見也別打招呼，就當彼此不認識。"她冷漠地答。

然而一掛斷手機，章小舫便破防了，哭得上氣不接下氣。她沒料到自己第一次對男人動了心，卻是這個下場，殺人誅心也不過爾爾。

另一邊，被迫當了"負心漢"的王翰東，此時精神萎靡地問老婆："現在妳滿意了吧？"

"滿意？呵！開什麼玩笑？被枕邊人背叛，我怎麼可能滿意？只能說這個小女生夠聰明，拿得起放得下，沒固執地一條道兒走到黑。"

話說章小舫的決絕恰恰是王翰東的心頭痛，雖然"分手"是他提出的，但她並沒有試圖挽回，這也說明他倆之間的感情還不夠牢固，所以她可以爽快地轉身而去，不帶一絲猶豫……

視線回到陳家，陳先生一踏進屋內，劉夢菲就忙不迭地告起狀來。

"不，不是這樣的。"他立即否認，"那男人教小舫彈樂器，如此而已。"

"你也太單純了！做賊的會承認自己是賊嗎？何況我有人證。"

"人證？誰？"

"胡阿姨。"

陳先生記得胡阿姨曾作證小舫與王先生只是師生關係，怎麼這會兒又倒戈了？

見老公不信，劉夢菲早有準備，放出不久前與胡阿姨的通話錄音。

陳先生聽完後，大表震驚，他沒想到小舫已變成他不認識的樣子，不僅行為不檢，還能面不改色地向他撒謊。

"你也別太難過了，"劉夢菲扶他坐下，"既然她不義，你又何必仁慈？"

"什麼意思？"

"章小舫能毫無羞愧地跟你撒謊，再看看她的所做所為，這是正經人幹得出來的事嗎？留她等於留了個禍害，我看還是讓她早點兒回到她父母的身邊吧！"

雖然章小舫的確傷了陳先生的心，但他還是不想把事情做絕，堅持供養她至大學畢業，就像他原先承諾的那樣。

此話一出，劉夢菲不再言語，但這不表示她就此罷休，而是啟動了B計劃。

幾日過後，當章小舫覺得已不再那麼心痛時，流言卻像一把匕首，再次捅入她的舊傷口，頃刻間，血流一地……

"這兒是不能再待下去了。"她仰天長嘆，"我終於體會到人言可畏的厲害，太可怕了！"

面對女兒的"回歸"請求，章父章母當然敞開雙手歡迎，於是章小舫以最快的速度辦理離校手續，接著拎起兩件匆忙打包完畢的行李箱直奔機場的售票櫃檯。

"飛紐約的最近航班只剩頭等艙了。"櫃員說。

"那就頭等艙吧！"她遞過去Uncle給的信用卡副卡，"票價有超過十萬塊嗎？"

"有，十萬零九百六十元。"

為此，章小舫動用了她的私房錢，總算將錢湊齊。

當章小舫在機場的VIP休息室喝著香檳時，落地窗外的一架飛機剛好離地起飛，她心想：“上海飛紐約長達19個小時，還好買的是頭等艙，能躺著睡，我可受不了經濟艙，太虐了！”

此時的章小舫並不知道此次航行將是她23歲前的最後榮光，接下來的日子可有她受了！

第三十八章/今非昔比

章小舫還差半年就能拿到畢業證書，可是說什麼也要輟學，這讓她父母很是不解，後來還是從老陳口中得知緣由，原來是失戀惹的禍。

（註：陳先生並沒有說出全部實情，可見他還是顧念章小舫。）

"看樣子囡囡是想離開傷心地，這個可以理解，但……"

章太太欲言而止，章先生當然清楚老婆擔心的是什麼，但事已至此，瞞下去是不可能的。

知道老公不願再瞞，章太太還想努力一把，因為她怕她的心肝寶貝接受不了。

"如果只是待個幾天，那好辦，砸鍋賣鐵也要把謊圓下去，問題是小舫提到想進紐約服裝設計學院學習，那起碼是好幾年的事，我認為還是開誠佈公要好一些，妳認為呢？"

章太太也知道老公說的是事實，但一想到囡囡失望的表情，她就痛苦地想死掉，遑論道出真相。

章先生其實也不願當"壞人"，但在這個節骨眼上，他若不出面，誰出面？

"這樣吧！"他答，"明天我去接機，同時負責讓小舫清楚我們家裡的現況。妳照常上下班，晚上我煮好吃的，咱們一家三口好好吃頓飯。"

"算了，還是到中國餐館吃吧！"章太太答。

"妳又不是不知道現在的餐館不比從前，小費給10%還會挨白眼。再說，小舫越快了解形勢越好，畢竟接下來的日子長著呢！"

隔天，章先生乘坐地鐵E線到Sutphin Blvd站，接著轉乘AirTrain至約翰•肯尼迪機場，全程約一個小時，但等人就等了快2小時。

"小舫，小舫，"章先生大力揮手，"這裡。"

章小舫也看到父親了，她拖著行李箱小跑步過來。

"阿爸，"她投入父親懷裡，"想死你了！"

"好好好……"她父親放開她，仔細打量，"長高了，頭髮也長了，還化了妝，這要迷死多少男人？"

"阿爸！"她睨了父親一眼，"不帶這麼開玩笑的。"

"哈哈！我是認真的，誰不說我女兒美？"

"不談了，媽呢？"

"她……有事不能來，我接妳也一樣。"她父親接過她的行李箱，"走！咱們回家去。"

章小舫以為他們要走向停車場，結果卻是機場的捷運站。

"爸，你的庫里南呢？"她問。

"沒了，現在我和妳媽出行都靠走路或搭公共交通工具。"

"為什麼？"

"為......為了支持環保。"

章小舫記得幾年前父親也曾說過自己坐地鐵上下班是為了支持環保，如今連車子也賣了，看來是將環保進行到底！

好不容易父女倆終於擠進車廂，乘客們摩肩接踵，章小舫不知已被撞了多少回，可是撞人的人連聲Sorry也沒說。

"小舫，妳還好嗎？"她父親問。

"很好。"

章小舫嘴巴答好，其實一點兒也不好，因為車廂內不僅人潮洶湧，空氣中還帶著一股怪味，她尋思回家後一定要在浴缸裡倒上半瓶的歐舒丹薰衣草泡泡浴液，接著邊喝紅酒邊泡澡，把自己從頭到腳都洗得香香的......

下了機場捷運後，父女倆緊接著坐上地鐵，等出了地鐵站，他們開始步行，四周雖有高樓大廈，但看起來灰撲撲的，偶爾還能見到紅白條紋的工廠煙囪聳入雲霄，與她印象中的紐約完全對不上號。

十幾分鐘後，章小舫站在一棟破舊大樓前大惑不解。

"爸，這是哪兒？你怎麼帶我來這裡？"她問。

"這是我們的家。"她父親抬頭往上看，"3樓，有白紗窗的那一個。"

"爸，你開什麼玩笑？"

她父親沒理會她，自顧自地刷開樓下大門，接著提起行李箱步入。

章小舫躊躇了一會兒，還是跟上。

進屋後，章小舫再次被震撼到，因為屋子雖然收拾得很乾淨，但一眼望到底也是事實。

"小舫，"她父親說，"我們這屋的租約還有半年，所以在這半年裡只能委屈妳跟姆媽睡，等租約到期後，我們再租個大點兒的，這樣就不擁擠了。"

"原來的房子呢？"章小舫問。

"其實那是我上司的，他和家人恰好要到歐洲度假，我便毛遂自薦地當起別墅的看管人。"

"你的意思是我們章家在紐約連個房子也沒有，徹底淪為窮人了？"

章先生很想否認，但對比從前的確是窮，此時若說服女兒接受"比上不足，比下有餘"的陳腔濫調，無疑更加難堪，倒不如大方承認。

"是的，所以我和妳媽正努力改變現狀，妳要不要也加入？"他問。

章小舫張嘴，可是什麼話都說不了。

"沒關係，"她父親體貼地說，"接受這個轉變需要時間，妳何不先去洗個澡？我也該煮飯了。"

等章小舫從3平米不到的廁衛走出來，他父親剛好把湯端上桌，說："這酸辣湯是妳媽從中餐館買回來的，她說妳愛喝。"

"媽呢？"

"她說沒臉見妳，跑到樓下抽菸去了。"

章小舫印象中的母親從不抽菸（父親倒是偶爾會抽），怎麼來美國後就抽上了？

“我去找她。”章小舫說。

她父親答好，但很快又叫住她。

“小舫，妳母親每天早出晚歸，加上生活壓力大，容貌上有很大的變化，所以妳見到她時，可別哪壺不開提哪壺。”

“知道了。”

當章小舫來到樓底下時，凜冽的寒風讓她忍不住打了個顫，心想得趕緊找到母親，好回到溫暖的屋內，可是放眼望去，不是老黑、老印，就是老墨、老菲，黃皮膚的只有一位老婦。

章小舫又尋找了一遍，最後才回到老婦身上，而老婦此刻也在看她。

“姆媽？”章小舫不確定地一問。

老婦扔下夾在手指間的菸，激動地向她跑來，邊跑邊喊著：“囡囡，我的小心肝，想死姆媽了。”

那猛力的一抱讓章小舫的淚水瞬間滾落下來，她真沒想到那個出門總要花費心思打扮的母親，如今會蒼老如斯，歲月到底給了母親什麼？

“囡囡，”她母親終於鬆開雙手，“咦！妳怎麼哭了？是不是我弄疼妳了？”

“沒有，“她拭去眼淚，“外面太冷了，我被凍哭的。”

“那趕緊的，咱們進屋去。”

當樓下大門在身後關上時，章小舫知道不管她願不願意，這個家已“今非昔比”，她感到無助，卻又無可奈何，而這才是第一天，她要如何面對接下來的每一天？

想至此，她茫然了。

第三十九章／承諾

雖然父親讓出床位來，但章小舫就是不依，寧願蜷縮在沙發上。

這是她第一次體會到"一夜翻身無數回"的痛苦，好在多睡幾晚後便適應了，除了次日醒來依舊腿麻外，基本沒什麼大問題。

"囡囡，工作找得怎樣？"早餐桌上，她母親關心地問。

"不太妙，我拿的是旅遊簽，正經公司是不會僱用這樣的員工的。"章小舫邊吃早餐邊答。

"拿身份需要時間，我已經在辦了。"他父親說，"其實妳也不用忙著找工作，還是專心準備轉學申請吧！"

章小舫原先的計劃是轉學至紐約服裝設計學院，她的國內成績應該能抵扣兩年，也就是說從大三讀起，可是當她看到高昂的學費後，原來的計劃生變了。

"阿爸、姆媽，我才剛到美國，讀書的事緩緩再說吧！對了，我今天打算到餐館試試，也許有人會僱用黑工。"

聞言，章父章母立即反對，他們可捨不得自己的寶貝女兒被人呼來喝去。

章小舫表面答應，但其實已經做好打算（待會兒就藉"熟悉紐約"的名義，行"找工作"之實），然而現實比她想像的還要殘酷，竟然沒有一家餐廳願意僱用她，即便是最辛苦的油炸工作。

"咦！剛才那個小姑娘看著挺水靈的，怎麼老闆不要？"傳菜員問收銀員。

"換我，我也不要。"收銀員冷哼一聲，"打扮得像個富家千金，這麼精緻的人怎麼受得了苦？大概不到半天的工夫就哭著找媽媽了。"

還好上述對話並沒有傳到章小舫的耳朵裡，否則又是一記重重的打擊。

由於今日找工"又"不順利，一向拒絕負能量的章小舫決定 cheer herself up，而讓自己快速復活的方式無非兩種，一是美食，二是購物。鑑於已過了用餐時間，章小舫有些餓又不太餓，她決定先吃點兒輕食，於是搭地鐵來到曼哈頓上東區的某個河景酒吧，邊啖美食邊欣賞哈德遜河的旖旎風光。

一個多小時後，賬單送上，章小舫一看傻眼了，怎麼吃個魚子醬搭配榛子味馬卡龍就要269美元？她可是連酒也沒點啊！

然而當她檢查完收費明細後，疑問消失了，原來那瓶 Orezza 氣泡水就要126美元，加上高達30%的小費，這麼簡單的一餐的確要269美元。

換作從前，章小舫眼睛眨也不眨，直接付了，如今物換星移，她已不再是那個"消費從不看價格"的人，所以當下的處境很令她為難，因為她的口袋裡只有稍早前父親給的200美元，即使全付了，她也走不出餐廳。

正發愁時，章小舫忽然想到Uncle給的信用卡副卡，不出意外的話（只要Uncle沒把卡註銷），這個月她應該有相當於十萬元人民幣的消費額度。

雖然心裡七上八下，但目前已無其他條路可走，她只能將卡交出。

當POS機傳來交易成功的聲音時，章小舫大鬆一口氣，同時心生感激，原來Uncle還是眷顧她，並沒有因為"人走"而"茶涼"。

走出餐廳後，她又利用Uncle的"愛心"替自己和姆媽購買了一些女性必用品。

"今天就這樣了，明天再幫阿爸買。"章小舫心想。

當她步出最後一家服裝店時，碰巧看到櫥窗上貼著招學徒的廣告。章小舫拍下廣告後踅回店內，店員告訴她——那則廣告是工作室貼的，他們店裡的貨有部分正來自這家工作室。

章小舫電光一閃，與其到學院啃書，倒不如跟著師傅學手藝，那才是實打實的真功夫，而且既不用付費，還有錢拿，豈不快哉？

想至此，章小舫全身上下充滿活力，她幾乎是跑著、跳著回家去，像個精力充沛的小女孩……

"囡囡，今天過得怎樣？"晚餐桌上，她母親關心地問。

"很好，我買了一些東西，待會兒給妳一個驚喜。"

聽說有驚喜，她母親哪肯等？當然打破砂鍋問到底。

"其實也沒什麼，我幫妳買了衣服、化妝品和護膚品，妳明天可以美美地出門。"

“美？美給誰看呦！”她母親忽然想起什麼，“對了，妳怎麼有錢買這些？”

章小舫一時啞口，如果父母知道她還使用Uncle給的錢會怎麼想？

關鍵時刻，她父親開口了，承認今早給了女兒200美元。

200美元說多不多，加上女兒初到美國，章太太也不好意思苛責。也就是說，章太太壓根兒就沒往“女兒一日之間就花掉兩個月生活費”的方向想去。

隔天，章小舫幫母親梳妝打扮。

“看！是不是好多了？”她說，“女人就要美美地出門，一整天的心情都會不一樣。”

章太太看著鏡中人，一時百感交集，眼眶忽然濕潤起來。

“姆媽，妳怎麼了？”章小舫慌了手腳地問。

“我……我不認識鏡子裡的人，囡囡，妳告訴我哪個才是真實的我？”

於是章小舫告訴母親——鏡中的貴婦正是她，她要相信自己很貴、很貴……

“我？很貴、很貴？”她母親喃喃道。

“是的，千金難買。”

“呵！以前的確是貴，現在……”

“現在也是。”章小舫很快地答，“姆媽妳放心，我會讓妳和阿爸重新過上好日子，只要給我一點兒時間。”

不諱言地說，章太太剛來美國時也曾有過憧憬，但經這幾年的社會毒打，她已不再幻想，但女兒有心，她不能在這時候潑冷水。

“姆媽相信妳，妳可不能讓我和妳阿爸等太久啊！”

“嗯！一言為定。”

送走盛裝打扮的母親後，章小舫緊接著對鏡畫額眉，因為她跟工作室約了上午11點見面，她得加快速度了。

第四十章/陪老人吃飯

面試章小舫的是一位風韻猶存的金髮美女Jacqueline，她說她的工作室想找的是"全能型"學徒，既要有設計天賦，還要有動手能力，逢營銷員忙不過來時，還能搭把手。

章小舫表示以自己的經歷和不怯場的個性，應該沒問題，她相信時間會證明她說的。

Jacqueline又翻看了一下章小舫過往的作品集，很是滿意。

" Great. Do you have any other questions ？" 她問。

既然老闆提起，章小舫也不客氣，詢問薪水多少？

" It depends. If you are good enough, I can pay you \$2000 a month."

聽說月薪只有2000美元，章小舫的心喀噔了一下，昨天的購物之旅就花掉三千多美元，等於一個月賺的還不夠付她臨時起意的"狂歡"。

大概瞧出章小舫的失望，Jacqueline強調2000美元是試用期的工資，等轉正了，調薪是必然的，將來若升為設計師，那更是不可同日而語。

因為這個願景，章小舫欣然接受了，接著詢問何時上班？

Jacqueline答章小舫的個人基本信息和簡歷已收到，只要再提供社會保障號碼，下禮拜一即可上崗。

聞言，章小舫彷彿被潑了一盆冷水，因為她並沒有社會保障號碼。

" Why don't you have a Social Security number ？ " Jacqueline不解地問。

到了這個節骨眼，章小舫也只能誠實以告，同時強調父母皆是美國公民，依親身份肯定能辦下來，只是時間早晚的問題。

Jacqueline表示理解，但規定就是規定，她不想惹麻煩。

眼看到嘴的鴨子就這麼飛了，章小舫雖失望，卻不感意外，誰讓她的確違反規定。

" Anyway, thank you for your time." 章小舫站起，" Have a good day."

" Wait." Jacqueline看著手機屏幕，這已是面試期間的第2次，" Do you mind having dinner with an old man ？ "

" What ？ " 章小舫驚訝問道。

原來Jacqueline的爸爸喊她今晚回家吃飯，平常她只要答不，她父親便不再言語，但今日不知怎的，已經發了不下5條短信，非要她今晚回家不可，而她已約了朋友看百老匯的音樂劇，根本走不開。

聽完後，章小舫表示可以是可以，但她父親想見的是她，外人恐怕不太合適。

話音一落，Jacqueline立刻要章小舫別擔心，因為她老爸風流了一輩子，誰都可以拒絕，就是拒絕不了年輕漂亮的女孩……

章小舫一聽，大驚失色，Jacqueline也察覺到自己失言了，趕緊解釋風流是早十幾年前的事，她父親現在已垂垂老矣，連跑都費勁，所以絕不會危及到任何人的人身安全。

怕章小舫還有疑慮，Jacqueline遂掏出手機照片，照片上的男人頭髮花白，還有明顯的老人斑，看著沒有八十，起碼也有七十了。

“ Ok, I can do you a favor.” 章小舫說。

見事情搞定後，Jacqueline爽快地給了章小舫200美元，還說待會兒就發地址到她的手機上。

“ No problem.” 她答。

離開工作室後，章小舫拿著剛“賺”到的200美元吃了一頓精緻午餐。飯後，由於離“陪老人吃飯”的約定時間尚早，她決定上母親的洗衣店瞧瞧。

“ 囡囡，妳怎麼來了？” 她母親放下手中熨斗，驚訝問道。

“ 早上我去面工，老問題，沒通過，想著橫豎沒事，就繞過來看看。”

“ 沒通過就沒通過，妳可別難過哈！”

“ 不難過。對了，今晚我不回去吃飯。”

她母親問為什麼？章小舫怕事情生變（她可是收了錢的），遂答想看看夜裡的世界貿易中心一號大樓。

（註：這不算說謊，因為Jacqueline的父親就住在那棟
樓附近，走路只要5分鐘。）

章太太聽著奇怪，為什麼女兒想看的是世界貿易中心一
號大樓，而非更有名氣的帝國大廈？但她沒有說反對的
話，而是叮囑她早點兒回家，因為夜裡的紐約可一點兒
也不安全。

"知道了。"章小舫答。

第四十一章 / 聖誕老人

曼哈頓的翠貝卡原來佈滿了舊工業建築，後來變成了以Loft形式為主的時尚住宅區，而一個真正的Loft必須具備以下三個條件，一是高大而開敞的空間；二是雙層以上的複式結構；三是類似戲劇舞臺效果的樓梯和橫樑。

章小舫今晚拜訪的老人，住的正是Loft，還是聯排，寬度能達到8米，在寸土寸金的曼哈頓實屬不易，算得上宏偉。

在表達來意後，管家請章小舫在屋外稍等，他進去請示一下。

幾分鐘過後，管家請章小舫入內，一進門便是個下沉式玄關，有半身鏡、衣帽鉤、鞋櫃、長條凳和一個奇怪的機子。

管家介紹那個機子是鞋底清潔器，它的旋轉毛刷能迅速去除鞋底髒物並清洗，洗好後再往強力吸水墊一踩，鞋底便乾乾淨淨，比穿鞋套還方便利索。

"May I try it？"章小舫問。

"Sure，please." 管家答。

鞋底乾淨後，章小舫跟著管家進到屋內，當她踩上棋盤格黑白地磚時，她感覺自己來到了《愛麗絲夢遊仙境》裡提到的"紅心皇后的黑白棋盤花園"……

"Miss, please follow me." 管家對她說。

章小舫原以為會沿著圓弧形樓梯拾級而上，結果管家帶她來到轉角處坐電梯，這倒好，不用爬樓梯。

上到二樓後，左手邊是個用餐室，裡面有張大圓桌，目測能坐下十幾人。

"Miss, this way." 管家又對她說。

原來章小舫搞錯了，右手邊那間才是。

入內後，管家請她坐下，同時表示Mr.Cargill 很快會過來與她見面。

話一說完，管家走出會客廳，此時的章小舫注意到他沿著圓弧形樓梯拾級而下，想必電梯是留給主人及其客人使用，工作人員只能走樓梯（當然，引導客人進到會客廳又另當別論）。

"紀律這麼森嚴，該不會是什麼大家族吧？" 章小舫心想。

等待的時間總是比較漫長，不過這也讓章小舫有機會觀察四周，好比這間會客廳，觸目所及有乳白色的牆面、復古風的油畫、米黃色的沙發、華麗璀璨的水晶吊燈和通向茱麗葉陽臺的法式門（此刻門已關上，但依稀可見對向樓裡人影憧憧）。

沒多久，章小舫聽到重重的腳步聲，她以為是管家，結果來的卻是Jacqueline的父親。她立刻起身，老人卻要她坐下。

待兩人都坐下後，老人問她叫什麼名字？

"Siobhan." 章小舫答。

老人接著介紹自己的名字叫Father Christmas（聖誕老人）。

章小舫笑著答不信，老人卻說她最好相信，因為時間會證明一切。

話音剛落，一名繫著白圍裙的女子捧著銀托盤前來，上面擺著一瓶墨綠色瓶身的酒及兩個半圓高腳杯。

"怎麼沒有小食？"章小舫心想，"喝雷司令就該配橄欖、火腿和起司。"

哪知下一秒，老人就交代女傭端橄欖、火腿和起司過來。

此話一出，章小舫的表情豐富極了。

待女傭走後，老人問客人："What？"

縱使章小舫回答沒什麼，老人還是打破砂鍋問到底，她只好道出方才的"心有靈犀一點通"。

老人也覺得有趣，同時心生一個念頭——既然他能猜到章小舫的心思，章小舫不妨也猜一下他當下的心思。

"I can't." 她答。

老人要她試試，就當是個遊戲，於是章小舫答老人此時此刻想的是為什麼Jacqueline今晚不來？

聞言，老人哈哈大笑，他說他才不管Jacqueline來不來，事實上，不來更好，否則他就見不到像蜂蜜一樣甜蜜的女人了……

"像蜂蜜一樣甜蜜的女人？這說的可是我？"章小舫心想。

他倆就這麼天南地北地聊，直到管家提醒晚餐時間到了，相談甚歡的兩人才移駕到走廊另一側的用餐室。

從小到大，章小舫吃過的高檔餐廳不計其數，但見證家庭用餐也講排場還是頭一回。

" Is today a special day?" 她問。

老人問她為什麼這麼問？她答因為食物特別精緻，而且管家和傭人的臉上都帶著喜氣，所以她猜今天也許是個特殊的日子。

" The answer will be revealed at the end." 老人答，臉上的微笑很神祕。

一個多小時後，主餐撤下，咖啡端上。

" It's showtime." 老人壓低聲音對章小舫說。

接著她便聽到窸窸窣窣的腳步聲，貌似人數還不少。

Happy Birthday to you.

Happy Birthday to you.

Happy Birthday to Mr.Cargill.

Happy Birthday to you.

隨著歌聲一同進入的還包括一個綴滿碩大草莓的鮮奶油蛋糕和以管家為首的工作團隊，數一數，一共6人。

Mr.Cargill 看起來很開心，吹熄蠟燭後，自有人負責切蛋糕。

當切好的蛋糕片上桌後，眾人也很識趣地離開。

" Happy Birthday, Mr.Cargill." 章小舫說，" I'm sorry I didn't prepare a gift."

老人要她別放在心上，因為能有一個可人兒陪他過生日就是最好的禮物。

半小時後，章小舫起身告辭，老人體貼地讓司機送她回家。

到家後，她正要下車，司機喊住她，遞上一個精美的方盒子，說是Mr.Cargill 送的。

" Why?" 她問。

司機答他也不清楚，或許她該問問Mr.Cargill.

當香檳色的勞斯萊斯消失在夜色中後，章小舫打開盒子，一對閃耀著血紅色光芒的寶石耳環立即落入眼簾，一看就價格不菲。

這個發現讓她眼前一亮，彷彿又回到熟悉的生活圈。

" 能對初次見面的人出手闊綽，其身家恐怕難以估量。" 章小舫喃喃道，" Mr.Cargill 果然是聖誕老人啊！"

第四十二章／意外的大單

今晚是Mr.Cargill的75歲生日，他早早就跟GRAFF定購了一對鴿血紅寶石耳環（為了襯托寶石的尊貴，還鑲了一圈無瑕級別的鑽石），想在生日這一天送給許久未見的女兒，同時告知自己的病情，可是他的女兒卻沒有赴約，反而派了一個小女生過來陪他吃飯。話說他缺的是女人嗎？不，他從不缺女人（只要一通電話，什麼樣的女人都能招之即來，揮之即去），他缺的是親情啊！尤其當醫生宣佈他患上前列腺癌，生命不會超過5年時，想要唯一的女兒長伴左右的念頭也就越發強烈，可惜這個女兒從小就叛逆，即使家財萬貫也不能讓她屈服半分，Mr.Cargill隱隱有種不祥的預感——即便女兒知道他的病情，他依然註定要孤獨地走完人生的最後旅程。

想至此，他不勝唏噓，所以當那個陪吃飯的小女生不巧猜中他的心事時，驚愕之餘，他只能用大笑來掩飾實際情緒，同時表示自己才不管Jacqueline來不來，事實上，不來更好……實則他的心在淌血，這輩子他做過很多虧心事，唯獨沒虧待過自己的女兒，他想不通為什麼Jacqueline就是不願與他親近，甚至不愛他的錢，那麼他汲汲營營了大半生，為的是什麼？

患癌的打擊加上女兒的缺席，導致Mr.Cargill 從未像此時此刻這般憎恨他的錢，所以當他差遣自己的司機送客時，順便就把那對花費百萬，本來準備送給女兒的耳環給了那個叫Siobhan的小女生，反正他也用不上，留著只會徒增傷悲。

反觀章小舫，一進家門便把Mr.Cargill 送的禮物擺在桌上，因為房子就這麼點兒大，想藏還找不到地呢！

"這是什麼？"坐在桌前記賬的章太太望著眼前的方盒子問。

"一個老先生送的。"章小舫很平靜地答。

章太太打開一看，立馬大驚失色，因為她曾擁有過許多昂貴的珠寶，所以鑑賞的眼力還是有的。

"囡囡，這對耳環起碼七位數，老先生為什麼要送妳？"

"我也不是很清楚，可能感謝我陪他吃飯吧？！"

話音一落，章太太驚恐地望向自己的老公，章先生也發覺事情大條了。

"小舫，妳今晚去了哪裡？"章先生表情嚴肅，"別隱瞞，阿爸和姆媽聽著。"

章小舫分析了一下，自己一沒偷，二沒搶，陪老先生吃飯也同樣光明磊落，何需遮掩？索性就開誠佈公了。

章先生聽完，大鬆一口氣，不過該表態還是得表態，所以除了強調"無功不受祿"的大道理外，他還要女兒把地址發給他，明天他就上門歸還。

"隨便你。"章小舫掏出手機按了按，"地址發過去了，我先洗澡去，身體黏糊糊的。"

次日，章先生果然登門拜訪，只是停留的時間比預定的十分鐘多了很多。

當章先生與Mr.Cargill 告別時，心情無疑是激動且歡快的，因為他做夢也沒想到歸還禮物會為自己帶來一個超超超……級的保險大單，一整年的額度達到了不說，下個月至少有2萬美元的進賬。

想至此，章先生的腳步輕快了起來，而這種好心情也一直延續到下班後，尤其當他行經租房仲介公司時……

" May I help you ？" 一名仲介步出店外問。

章先生指向玻璃窗上貼的廣告，問能否現在看房？

得到肯定的答覆後，章先生跟隨仲介的腳步，兩人往地鐵站走去……

第四十三章 / 先斬後奏

蘇豪區（Soho)是曼哈頓下城的一個街區，早期製造業發達，留下許多大型建築物，但自從最重要的紡織業南移後，這裡一度淪落為"地獄百畝"，直至1960年代，許多藝術家開始進駐，這才賦予它不一樣的活力與魅力。

如今的蘇豪區已成為時尚的代名詞，從原創手工藝品到高定珠寶，從街頭畫像到高端藝術畫廊，從路邊餐車到米其林餐廳等，無不應有盡有。換言之，年輕人、都市白領和有錢有閒的成功人士都能在這裡找到歸屬感，這也是章先生租房的初心，他希望女兒能趕得上時代潮流，最好還能交上三、五好友。

就在看房後的第五天，下班回來的章先生把一串鑰匙放在餐桌上。

"阿爸，哪來的鑰匙？"章小舫問。

"給妳的。"

"給我的？"章小舫很是驚詫，"為什麼？"

"我已經替妳在蘇豪區租了個開間，有廚房和衛浴，採光不錯，離太子街車站也近，妳應該會喜歡。"

此話一出，章小舫立即跳起，一連在父親的臉頰上留下好幾個印記。

"夠了，夠了。"她父親喊著，"開心嗎？"

"開心，太開心了，我做夢都想擁有自己的房間。"

與章小舫的欣喜若狂不同，章太太的臉上蒙了一層陰影，大有山雨欲來之勢。

飯後，章小舫主動攬下洗碗的工作，章太太也不阻止，反而藉口菸癮犯了，獨自下樓哈菸去。

當章太太點燃第二根菸時，章先生也下樓來。

"又抽，不是講好一天半包，天黑後只抽一根嗎？"章先生責問。

"心情不好，所以破戒了。"章太太答。

章先生當然知道自己的老婆為什麼心情不好，於是把事情的前因道來。

"有額外進賬當然好，租房也是需要的，"章太太說，"可是你為什麼不事先跟我商量一下？咱們一家三口好不容易才又在一起，怎麼反過來將囡囡往外推？再說，你就算要租，也應該租個二居，不是嗎？"

這也是章先生的心結，他知道於情於理都該跟太太商量，不能自作主張，但一來這個家負擔不起二居的租金，二來他若不硬著讓"生米煮成熟飯"，以太太的"母性"，女兒想獨自搬出去住，恐怕有好一陣子要折騰。

"聽著，"他說，"我們的房還有4個多月才到期，現在若解約，等於白付4個月的房租，妳不心疼？其次，小舫才來紐約不久，一切還算新鮮，等熟悉了，她自然不

願與父母同住，搬出去只是早晚的事；其三，我的大單
還是因她而來，她值得擁有一個舒服的居住空間，包括
一張床；其四，外國孩子最看不慣媽寶男或媽寶女，如
果讓人知道小舫還跟父母住，她能交得上朋友？"

聽完老公的解釋，章太太不再那麼惱火，可是這不表示
她不擔憂，好比女兒不會做飯，天天外食可不便宜。

"放心！"章先生笑了，"小舫聰明得很，當她發現入不
敷出時，自然就會做飯了。"

想當初，章太太同樣十指不沾陽春水，來美國後，連土
豆牛腩、油悶大蝦、紅燒排骨等硬菜都做得出來。有此
先例，章先生當然信心十足。

"蘇豪區的租金如何？"章太太沉默了一會兒後問。

"不低，我租下的公寓要2900美元一個月，押一付一。"

"這麼貴？"章太太咋舌，"比我們現在租的貴了一倍
！"

"當然，人家樓裡有保安，一分錢一分貨，小舫的安全
最重要。"

提到女兒的安全，那自然排第一位，章太太再心疼錢，
也得接受。

見老婆不再眉頭深鎖，章先生遂催促她回家。

"好，等我把這根菸抽完。"章太太答。

"還抽？嫌牙齒不夠黃？"章先生問。

"黃就黃唄！我不在乎就行。"

"既然這樣，也給我來一根吧！"

章太太心想家裡已經有她這個老菸鬼了，再來一個可受
不了，所以熄了菸，轉身與丈夫進樓去。

第四十四章／東方維納斯

搬進新租處的章小舫簡直如魚得水，一覺總要睡到近中午才起，接著洗個澡，再到樓下吃頓Brunch（早午餐，由早餐breakfast和午餐lunch兩詞合成）。飯後若精神好，連家也不回了，直接開啟壓馬路模式，不是逛街、購物，就是看電影、進酒吧，總要逗留到夜裡十點過後才肯回家，而隨心所欲所帶來的"效果"也是驚人的，因為不到十天的光景，她就花光父母給的生活費，連同Uncle給的信用卡也刷到一毛不剩。

"這可不妙！"她心想，"我總不能回家哭窮吧？"

思來想去，章小舫決定把剛買來沒幾天的康康包給賣了，沒想到原價8300美元的包，轉手只賣了3900，等於打了4折，真是血虧啊！

心情大壞的章小舫決定不再讓負能量繼續增長，她得找個樂子讓自己開心才行，於是來到經常逛的畫廊，買下一幅前幾天看中的小畫（30釐米見方，單手就能拎著走）。雖然她更鍾意掛在顯眼處的大尺寸畫作，但自己的荷包不允許，家裡也不夠大，只能作罷。

就在章小舫結完賬，準備離去時，畫廊走進來一位新客
人……

" Siobhan, it's good to see you again."

章小舫聞聲望去，很是驚訝，怎麼Mr.Cargill 也逛起畫
廊來了？

" You too. What are you doing here ？" 章小舫問。

Mr.Cargill 告訴她──他想買幅畫送朋友，既然章小舫在
，那正好，可以給他一些建議。

在問清楚畫是送給一名年輕女性後，章小舫不假思索地
指向那幅她買不起的畫。

" Why do you think this painting is appropriate?" Mr.Cargill
問。

章小舫答因為她也是年輕女性，而她喜歡這幅。

Mr.Cargill 又看了那幅章小舫推薦的油畫幾眼，接著招
來銷售人員，說他買下了。

章小舫很開心自己的意見被採納，正要離開時，Mr.
Cargill 問起她的住址。

" Why ？" 她驚訝問道。

" You have to let the gallery know where to send the painting,
right?" Mr.Cargill 反問。

章小舫懵了，怎麼畫送到她家？一切都反了！

Mr.Cargill 表示沒錯，既然章小舫喜歡這幅畫，他樂得
讓畫回到能欣賞它的人的手裡，這才是最好的歸宿！

章小舫的內心雖歡喜，但也只能拒絕，一來租處不夠大
，掛上"巨"畫反而得到反效果；二來這幅畫太大了，無

痕掛鉤恐怕承受不住，而租房合約上已經明文規定牆上絕對不能打孔，她不想為此惹麻煩。

Mr.Cargill 聽完表示理解，並沒有為難她。

" Then have a good day, bye." 章小舫說，接著嫣然一笑。

這一笑讓Mr.Cargill 的身體產生"些許"的化學變化，這不是個好徵兆，因為他已經陽痿了大半年（由於生理疾病），"想而不能"只會讓情況更加糟糕！

然而已經被某種激素衝昏頭的Mr.Cargill 哪管得了這些？他直勾勾地注視著章小舫的背影，直至銷售人員喊 "Excuse me."，Mr.Cargill 才回過神來。

" Where should this painting be sent?" 銷售人員問。

Mr.Cargill 想了想，還是報上老友女兒的地址，這是一份結婚禮物，他希望Pamela會喜歡。

回家後的Mr.Cargill 總感覺哪哪都不對，他試著讓自己忙碌起來，好分散注意力。事實證明這個方法奏效，只是上床後就慘了，因為壓抑了半天的慾望反而千軍萬馬般地向他奔來……

" 不，不行，她不是賣的。" 理智說。

" 誰讓你買？娶她就能天天見面了。" 衝動答。

" 娶她？兩人的年紀相差半百，**Siobhan**不會同意的。" 理智又說。

" 不試怎麼知道？再說，錢就是男人的底氣，沒有女人會跟錢過不去。" 衝動又答。

. . . .

就這樣，理智和衝動的對話反覆進行著，搞得 Mr. Cargill 腦瓜子疼，以致隔天精神萎靡，連走路都不穩。

見狀，管家問他是否需要按摩？

"按摩"是 Mr.Cargill 與管家之間的暗號，如果 Mr.Cargill 答 Yes，管家就會讓 Sugar Baby（糖寶，指被包養的年輕女性）上門服務。

" No, I don't need a massage. I need Siobhan." Mr.Cargill 有氣無力地答。

管家並不知道章小舫的英文名，所以詢問 Siobhan 是不是新糖寶？

" No, " Mr.Cargill 立即否認，" Siobhan isn't a sugar baby. She is a……a……Oriental Venus."

"東方維納斯"的答案讓管家大惑不解，但 Mr.Cargill 沒多做解釋，這是他的祕密，小氣地不願與任何人分享。

第四十五章/太子街車站

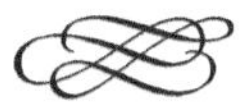

Mr.Cargill 病倒了，連起床的力氣都沒有，醫生說這是前列腺癌的症狀之一，但只有Mr.Cargill 心裡清楚著，那是相思成疾，而解藥只有一個，偏偏他連Siobhan住哪兒都不知道，這豈非死路一條？

正當Mr.Cargill 六神無主、不知所措之時，管家到他床邊請示——屋子的火險到期了，該不該再續？

聞言，Mr.Cargill 靈光一閃，Siobhan的父親不是保險業務員嗎？他肯定知道女兒住哪兒！

當日夜裡，Mr.Cargill 撥打了章先生的手機號，表示自己想買火險，問他能否上門來？

超級大客戶想買保險，就算電閃雷鳴、下雪落雹也得去！於是兩人很快約定明日中午12點見面（這個時間點剛好吃午飯，Mr.Cargill 打算好好巴結一下未來的"岳父"，縱使自己的年紀比人家大上一輪不止）。

隔天，Mr.Cargill 精神奕奕地出現在早餐室內，看得管家瞠目結舌，不明白已病了數天的人，怎麼一個晚上的工夫就痊癒了，甚至比生病前還精神？

" I've an important guest at noon, so the cook must prepare a sumptuous lunch today." Mr.Cargill 邊吃早餐邊交代。

管家當然點頭如搗蒜，這個家已經很久沒有"重要"客人了，他猜想如果不是哪個眾議員，便是哪家上市公司老總，反正都是重磅級人物，結果來的卻是保險業務員，把他給整迷糊了！

Mr.Cargill可沒空解答管家的疑惑，他忙著招呼"丈人"，絲毫不敢怠慢。

反觀章先生，男主人的熱情讓他很是受寵若驚，相較於上一次，這次明顯非比尋常。

酒過三巡後，Mr.Cargill 問起Siobhan，章先生答他已有十天半個月沒見到女兒了，也難怪，她換了一個新環境，總要熟悉一下。

知道Siobhan不住家裡，Mr.Cargill 鬆了一口氣，緊接著乘勝追擊，問起Siobhan是不是也住在中國城附近？

（註：章先生曾提起自己的老婆在中國城開了一家洗衣店，Mr.Cargill 想當然爾地以為這一家三口全安家在中國城的輻射範圍內。）

針對此問題，章先生回答不是，不過也離得不遠，開車只需七、八分鐘。

從中國城開車七、八分鐘能到的區域多了去，到底是西北方的Soho還是東南方的Two Bridges? 亦或是正南方的Wall Street ？ Mr.Cargill 當然想搞清楚，但為了不"打草驚蛇"，他狡獪地聲東擊西。

" 我希望Siobhan沒住在治安相對較差的下東區。" 他說。

此話一出，章先生尷尬極了，因為他的租處正處於治安相對較差的下東區。

" No." 章先生答，" She lives in Soho, near Prince Street Station."

住在蘇豪區且靠近太子街車站？這倒是條好線索！Mr. Cargill 還想問得更仔細些（好比公寓樓的名稱），無奈章先生已把話題轉到保險上，他只能順勢而為，免得露出馬腳。

一個小時過後，章先生離開大客戶家，與屋外的天寒地凍比，他的內心無疑熱血澎湃，因為Mr.Cargill 不僅買下高保額的火險，還給他介紹了好幾名優質客戶，光看地址就知道非富即貴。

這個意外的插曲也改變了章先生的計劃，他原本打算見過客戶後便繞到蘇豪區跟女兒打聲招呼，如今看來是不行了，他得抓緊時間回公司做準備，好將這些大客戶全數拿下！

而在Mr.Cargill 這一邊，他也沒閒著，章先生前腳一走，他後腳便喚來司機，因為他等不及要見到那個已縈繞在他心頭數日之久的可人兒……

第四十六章/陰錯陽差

太子街車站有兩個出入口，一個開往Uptown和Queens，另一個開往downtown和Brooklyn。此時，Mr. Cargill 與司機分別站在兩頭，直到鵝毛大雪紛紛揚揚，司機才不得不催促老闆回到車內。

起初，Mr.Cargill 並不願意，但司機說了，天雪路滑，萬一摔著了，那可不妙！

Mr.Cargill 想想也對，俗語說"He who has health has hope."（有健康的身體才有希望），他得為以後的幸福生活好好保重身體，何況這樣漫無目的地找人或等人很沒效率，一定還有其他法子可以"事半功倍"！

幸運的是車子還未到家，Mr.Cargill 就福至心靈——何不請個偵探查找？

對於偵探來說，地點有了（蘇豪區太子街車站附近的公寓），人也有了（名字、身高、年紀和長相），簡直毫無難度可言，所以很快便找到詳細地址，具體到幾樓幾室。

知道Siobhan就住在Mercer Street和Spring Street的交叉口附近後，Mr.Cargill馬不停蹄地趕往現場。

話說這兩天漫天大雪，章小舫已經在家裡躺了兩天，直到泡麵也吃完了，才被迫離開舒適區，沒想到一推開公寓樓下的大門就見到Mr.Cargill。

"Mr.Cargill,"章小舫很是驚訝，"what are you doing here ？"

Mr.Cargill支支吾吾的，最後才找了個藉口（他朋友也住這棟樓）搪塞過去。

" Which floor and room number does your friend live in? Maybe I know him or her." 章小舫問。

哪知Mr.Cargill 回答尋友已無關緊要，他目前最想做的是找個地方吃點兒東西。

恰好章小舫也飢腸轆轆，兩人一拍即合。

在餐廳裡，Mr.Cargill 精神抖擻且口若懸河，風趣幽默的談吐把章小舫惹得哈哈大笑。

" I love seeing you smile. It reminds me of my daughter." Mr.Cargill 說。

Mr.Cargill 的女兒叫Jacqueline，在中城區開了一家服裝工作室，也是因為Jacqueline的引見，章小舫才得以認識Mr.Cargill。如今這位老人說喜歡看章小舫笑，還表示這讓他想起了女兒。章小舫聽聞後，愛心瞬間爆棚，主動提議陪老人四處走走。

" Are you sure ？" 他驚喜問道。

" Yes." 她答。

後來，司機載他倆到中央公園，只因章小舫說想讓Mr.Cargill 體驗一把堆雪人的快樂。

當車子在中央公園的南端（也就是著名的59街）停下後，章小舫扶著Mr.Cargill下車，任何人見了，都會認為這兩人之間起碼隔了一代。

老實說，雖然中央公園位於曼哈頓上西城和上東城之間，是一座大型的城市公園，但Mr.Cargill一次也沒進來過，頂多只是坐在豪車內遠遠地瞄上一眼。

"Are you ok？"章小舫問。

"Fine. I'm ok." 他答。

章小舫之所以這麼問，乃因Mr.Cargill腳上穿的是小牛皮皮鞋，而不是更防滑的雪地靴、雪鞋或登山鞋，她有點兒擔心他會滑跤，所以戰戰兢兢地守護著，然而落在Mr.Cargill的眼裡卻有不一樣的解讀——這女孩肯定是喜歡他的，否則不會鞍前馬後。

由於連下了兩天大雪，好不容易今日才放晴，放寒假的學生們當然不願放過，所以公園內肉眼可見的人頭攢動，好不熱鬧。

"Wow, snow tubing." 章小舫興奮喊道。

原來公園裡有個不高不矮的坡，此時有很多人在玩滑雪胎，享受著從上往下滑的樂趣。

看心怡對象流露出渴望的眼神，Mr.Cargill掏出手機，打算差遣司機即刻去買個滑雪胎過來，結果事情的發展快過他的計劃，因為Siobhan已經向一個小男孩借到滑雪胎，並且成功"登頂"了。

"Mr.Cargill," 章小舫在坡上向他揮手，"I'm coming."

此話一出，章小舫從坡上滑了下來，長長的髮在她身後飛揚，她的嘴在笑，眼睛也在笑，兩頰紅撲撲的，像兩顆紅蘋果......

Mr.Cargill 看呆了，他沒想過年逾七十的他還會心動，而且迷戀的程度甚過以往……

“ Mr.Cargill. ”章小舫喘著氣向他跑來，“ Do you want to try？It's a lot of fun.”

Mr.Cargill 當然敬謝不敏，他這把老骨頭可不經摔，即使眼前的可人兒答應會“保護”好他。

當章小舫把滑雪胎還給小男孩後，兩人繼續前行，直到來到一片空地上，那裡已經堆了幾個歪歪扭扭的雪人。

“ Mr.Cargill，should we build a super-sized snowman?”章小舫興奮問道。

Mr.Cargill 當然同意，只是他連彎腰都費勁，大部分的工作只能由章小舫來做，他則負責把堆好的雪塊壓得更緊實點兒。

當大功告成後，章小舫提議拍照，於是社交平臺上多了一張她與Mr.Cargill 的合照。

堆完雪人，Mr.Cargill 問Siobhan接下來想幹嘛？她回答想看電影《破墓》，於是他們驅車前往AMC Empire影院。由於看的是恐怖片，全程有1/4的時間，Mr.Cargill 緊閉雙眼（他的心臟不好，怕突來的驚嚇讓他當場暴斃）。對此，章小舫毫不知情。

電影結束後，章小舫問Mr.Cargill 好不好看？他回答好看，以後若再有這樣的電影，記得喊他過來看。

“ Deal.”章小舫笑咪咪地答。

晚餐時間，他們在紐約最高餐廳 Peak with Priceless Restaurant & Bar吃美食，透過大片的落地玻璃窗，可以將帝國大廈、自由女神像等地標盡收眼底。

“ Cheers.” Mr.Cargill 舉起酒杯，“ To the most gorgeous woman in the world.”

"Cheers." 章小舫也舉起酒杯，"To the most charming man in the world."

Mr.Cargill 讚美章小舫是個美麗的女人，章小舫便"回敬"他是個迷人的男人（而非老男人），這讓Mr.Cargill 又看到了希望——也許他眼中的年齡差距根本不是問題，他依舊可以擁有浪漫唯美的第二春。

回程途中，Mr.Cargill 問章小舫想要什麼禮物？章小舫反問為什麼要送她禮物？

"Because you bring me happiness." 他答。

章小舫隨即表示 Mr.Cargill 可以因為天氣好或天氣不好而送她禮物，就是不能因為她給他帶來快樂，因為Mr.Cargill 同樣也給她帶來了歡樂。

這是高情商的回覆，但到了Mr.Cargill 耳中卻成了愛的"表白"，以致接下來做了個唐突的舉動——他在她的手背上親吻了一下。

章小舫震驚不已，不知老先生的葫蘆裡裝著什麼？

同表震驚的還包括從後視鏡窺到方才一幕的司機，他載過無數個Sugar Baby（糖寶），章小舫是隱藏得最好的一個，他原以為老闆真的交上一位忘年友，沒想到還是個賣的！

車子抵達章小舫的租處後，Mr.Cargill 對她說："See you soon, honey."

被一個老頭喊親愛的，章小舫感覺渾身上下起雞皮疙瘩。她快速下車，連再見都沒說。

Mr.Cargill 倒沒察覺到異樣，反而認為這是東方女性特有的嬌羞與含蓄，既神祕又浪漫......

第四十七章/陪他一段

Mr.Cargill 的異常言行著實嚇壞了章小舫，她決定先冷靜幾天，好甩開那種不舒服的感覺。幸運的是Uncle依舊沒有註銷那張信用卡副卡，於是她購買了次日中午起飛的航班，預計抵達後，她還來得及欣賞邁阿密的海灘落日風光。

與章小舫的倉皇不同，Mr.Cargill 感到無比興奮，甚至到了需藉助安眠藥才能入眠的程度。也就是說，當章小舫登機時，藥效尚未退去的Mr.Cargill 還躺在Hästens 的 Grand Vividus床墊上沉沉入睡……

下午一點左右，Mr.Cargill 終於醒來，他搖鈴讓管家把餐點送到床邊。

飯後，當Mr.Cargill 邊喝餐後茶邊翻看紐約時報時，管家走過來報告——古董商Mr.Brown昨日曾來電，說手中有幾樣中世紀首飾，問Mr.Cargill 有沒有興趣瞧瞧？

Mr.Cargill 下意識答不，但那個可愛的身影忽然一閃而過，他隨即改主意，約了古董商明天上午見面。

也就是說當章小舫穿著比基尼泳裝，邊喝芒果冰沙邊做日光浴時，Mr.Cargill 正為她挑選世上獨一無二的珍寶，也許曾是哪個落難王族的遺物，也可能是某個權貴情婦的心頭好，如此這般，章小舫並不知情。而更令她意想不到的是在她"消失"的一個禮拜中，Mr.Cargill 竟會派人天天蹲守，只為了獲得"伊人已歸"的第一手消息，這可以解釋為什麼章小舫度假歸來的當晚便收到一大束紅玫瑰，卡片上的署名寫著：Your loyal knight, Mr.Cargill.

這個重磅炸彈炸得章小舫昏頭轉向，好半天喘不過氣來。

"不，一切都搞錯了。"她心想，"Mr.Cargill肯定誤會什麼了！"

隔日，躊躇再三的章小舫決定登門拜訪，好把縈繞在心頭的謎團解開。

雖然蘇豪區與翠貝卡只有短短不到20分鐘的步行距離，怕弄髒Jimmy Choo平底靴靴底的章小舫還是打車前往。下車後，同樣的聯排Loft，同樣的下沉式玄關，不同的是這次Mr.Cargill 親自過來迎接。

" Oh, sweetheart. It's nice to see you here." Mr.Cargill 說。

又是Honey，又是Sweetheart，章小舫受夠了，可是教養又讓她說不出苛刻的話來，只能冷冰冰地提醒——她的名字叫Siobhan Zhang。

" Of course I know your name is Siobhan Zhang," 他答，"but there's no need to be too restrained between you and me, just relax."

這次章小舫明確表示希望Mr.Cargill 喊她Siobhan或Miss Zhang，不要那些花裡胡哨的稱謂。

Mr.Cargill 不明白Siobhan的態度為何會丕變？是天氣原

因還是身體不適？Anyway，他相信自己精心準備的"驚喜"會改變現狀，讓她重新"愛上"自己。

" Why don't we sit down and have a chat?." Mr.Cargill 說（試圖改變氛圍的意圖相當明顯）。

然而嘴裡說要"坐下來聊聊"的老男人，行動上卻不一致，他興致勃勃地帶著客人參觀房子，章小舫這才知道原來一樓深處是個開放式廚房，有早餐室、壁爐和咖啡吧；二樓上次來過，不再贅述；三樓是主臥室，配有超大衣帽間和大理石浴缸；四樓有3個客臥，每個房間都有獨立衛浴；五樓有一個宏偉的圖書室，那裡的書琳瑯滿目，大概一輩子也讀不完；頂層則是休閒運動區，有燒烤爐、健身房、桑拿房和一個長度約有15米的游泳池，能邊游泳邊欣賞附近高聳入雲的摩天大廈……

" Where do the staff live?" 章小舫好奇一問。

Mr.Cargill 表示工作人員皆住在地下一層，而地下二層"住"的是他的12輛豪車。

章小舫也算是含著金湯匙出生，所以對這座豪宅並不感到驚豔，但她還是很享受這種"Room Tour"，畢竟她目前住的單身公寓只勉強達到舒適的程度，能偶爾過過眼癮，回憶一下過往的輝煌時刻還是頗為美好的。

兩人回到會客廳後，傭人送來下午茶，有烘培咖啡與三層點心碟。

Mr.Cargill 一邊鼓勵章小舫享用，一邊問起她的家世，當得知她的父母因賭博而失去幾乎所有的積蓄時，不禁感嘆世事無常。

" How about you ？" 章小舫問。

這個問題恰恰給了Mr.Cargill 證明實力與表達心境的機會，原來他從小家境富裕，即使什麼事都不做，也能過上窮奢極侈的生活，算是老錢家族的受益者。若要說遺憾，也不是沒有，譬如與他鶼鰈情深四十餘載的老婆去逝了，而唯一的女兒又與他不親。不諱言地說，自從成為鰥夫後，他自棄了一段時日，直到遇見天使……

" An angel？" 章小舫問。

Mr.Cargill 答沒錯，天使指的正是章小舫，她照亮了他的生命，所以即使傾盡所有，他也在所不惜，只要天使能與他相伴左右。

話一答完，Mr.Cargill 搖鈴，守在會客廳外的管家立即捧著一個木製托盤過來。

" I bought these especially for you." Mr.Cargill 說。

章小舫定眼一瞧，托盤上有黃金製的心型胸針、綴滿鑽石的十字架項鏈和三排鑲嵌著藍寶石的珍珠手鏈。

" Why?" 她問。

Mr.Cargill 答因為女人都愛珠寶，不是嗎？

其實章小舫問的是為什麼是她？Mr.Cargill 卻誤會了，但此刻的她並不想糾正。

" I can't accept these expensive gifts." 她說。

現在換Mr.Cargill 問為什麼？章小舫靈機一動，何不拿她的父母"嚇退"對方？上回的紅寶石耳環便是個鐵錚錚的例子！

Mr.Cargill 記得那對被退回來的耳環，也正因為這個"退回"的動作，讓他高看了這個女孩的家庭。

" You are right, I was too rash and should have asked your parents' consent first." 他說。

章小舫以為Mr.Cargill 終於懂得她的處境（她父母是攔路虎，這事肯定黃），然而她又錯了……

兩天過後，章小舫的父母神情緊張地來到她的公寓，問
她為什麼與一個老頭談起戀愛？

"不，我沒有。"章小舫大驚失色，"這讓我從何說起
？"

經女兒進一步解釋，章父章母稍微放下心來，但仍不忘
提醒他們的心肝寶貝遠離這個老色鬼。

章小舫嘴裡答應，但接下來的發展卻不由她，因為那種
"要風得風，要雨得雨"的感覺又回來了，且四周圍全成
了好人，忙著對她唯命是從，她愛極了這種氛圍，所以
陷入左右為難之中。

事情的轉折發生在Mr.Cargill 向她吐露病情，同時強調
只需她陪伴，兩人不領結婚證，方便她日後嫁人。

"Why ？"她問。

" Because the doctor said I wouldn't live more than five years."
他答。

在別人眼中，章小舫或許是個大懶蟲兼享樂主義者，但
她同時也是最心軟的，屬於頭腦簡單且不食人間煙火的
那類人（意思是Mr.Cargill 的情況完全擊中章小舫的軟
肋）。

考慮再三，章小舫決定陪Mr.Cargill 走完人生最後的旅
程，不過有個條件，那就是得瞞著她父母。

Mr.Cargill 理解"岳父岳母"的保護慾，當然點頭同意。
於是在達成協議的次日，章小舫搬進老先生的豪宅內，
從此過上養尊處優的日子......

第四十八章 / 被財神爺眷顧

Mr.Cargill 對章小舫是有性慾的，但生理上的缺陷卻讓他很快敗下陣來。

"Sorry." 他親吻她的額頭，"You're too sexy."

章小舫當然不能期待一名老人在床上會有什麼出色的表現，但還是難掩失望，因為她以為自己會得到極致的歡樂，就像書本上說的一樣。

後來的幾番嘗試依舊未能成功，Mr.Cargill 索性放棄了，甚至主動把主臥室讓出來，自己睡客房去。

起初，章小舫對"分房睡"是有芥蒂的（雖然她終於滿足小時候的願望，擁有了一個帶展示櫃的衣帽間，但與此同時，她也懷疑自己缺乏性吸引力），直到意外發現管家在偷拍她，這才挽回自信心。

話說這位管家是印度裔，四十歲上下，據說已經在這座宅子裡工作了十餘年，一直盡責盡職，可是偷拍事件才發生不到48小時，Mr.Cargill 便辭退他，火速換上一名女管家。

這件事讓章小舫心有餘悸——莫非Mr.Cargill在屋內安排線人或設置針孔攝像頭，否則動作怎會如此神速？

幾天過後，當"夫妻倆"共進晚餐時，Mr.Cargill問章小舫有沒有讀過《查泰萊夫人的情人》這本書？她答沒讀過，但看過電影。

"What do you think of the story?" 他又問。

章小舫當然清楚Mr.Cargill為什麼問這個，所以回答"她痛恨背叛"。

Mr.Cargill很滿意這個答案，舉起酒杯，說："Cheers, to our great marriage."

章小舫並非心口不一，自從被王翰東玩弄感情後，她想通了，除非對方真心實意，否則不會輕易交付感情。

回到目前的狀況，Mr.Cargill對章小舫當然是真心實意，甚至到了百依百順的地步，他可以為了她的心血來潮，包機飛往某個演唱會現場，至於華服、名包、定製鞋……等，只要章小舫想要，Mr.Cargill沒有辦不到的。然而與此同時，這個男人也是小心眼的，不容許他的女人有二心。

有此"掏心掏肺掏錢包"的男人，章小舫就算獨守空幃又如何？人總不能把好處全佔盡了，不是嗎？至於控制慾……章小舫寧願相信這是Mr.Cargill愛她的表現。

換言之，這兩人各取所需，一個擁有陪伴，另一個擁有物質，兩相結合，Mr.Cargill不再鬱鬱寡歡，而章小舫又可以回到原來的生活水平。

然而這樣的幸福生活只維持了一年半，Mr.Cargill便開始頻繁進出醫院，雖然早有心理準備，但章小舫還是慌張的。

" Don't worry, I'm just going to say hello to the doctor." 他對她說。

可惜那次的手術並不成功，所以幾個月後，Mr.Cargill 又進行了一次手術。就在上手術檯前，Mr.Cargill 依舊要章小舫別擔心，不同的是"跟醫生打聲招呼"換成了"跟上帝打聲招呼"，而結果並不如Mr.Cargill 的意，因為上帝不只回覆了他的招呼，最後還將他留了下來。

得知噩耗的章小舫泣不成聲，因為她是真的把Mr.Cargill 當成了親人。

同樣如喪考妣的還包括Mr.Cargill 的女兒Jacqueline，只不過她的傷心還夾雜著其他情緒，起因是律師告訴她——她父親的遺囑已做了變動，詳情會在另一個遺產繼承人在場時一併公佈（而所謂的另一個遺產繼承人竟然是久未見面的Siobhan Zhang，這是Jacqueline萬萬沒想到的）。

經多方打聽，真相終於浮出水面，意外的是Jacqueline並沒有發怒，而是理解，畢竟Siobhan Zhang做到了陪伴，在這個連買瓶水都要1美元的年代裡，做任何事都是有價的。

葬禮過後，律師在他的辦公室公佈了Mr.Cargill 的遺囑內容，章小舫獲得現在所居的聯排別墅和800萬美元現金，其餘全歸Jacqueline，這包括235處房產、115塊地皮、654件藝術品、45輛豪車、數萬股股票和約8000萬美元的現金。

宣讀完畢後，律師問繼承人有無異議？章小舫答無異議，Jacqueline卻答有異議——她希望從她所得的現金遺產中拿出100萬美元贈予Siobhan Zhang，藉以感謝Siobhan Zhang對她父親的照顧。

這個突然的變化讓律師和章小舫同時怔住了。

“ You don't need to do this.” 章小舫對Jacqueline說。

然而Jacqueline卻表示這只是她的一點兒心意，希望章小舫收下。

事已至此，章小舫恭敬不如從命。

就這樣，尚未滿25歲的章小舫就已擁有一棟市值近3000萬美元的豪宅和900萬美元的現金，加上Mr.Cargill 曾為她買下的金銀珠寶和昂貴衣物等，章小舫儼然就是個小富婆。

從律師事務所走出來後，Jacqueline和章小舫互道珍重再見，接著各奔東西。

“ 現在我該上哪兒去？”章小舫喃喃道。

此時，一輛標著Laundry的麵包車忽然急駛而過，她赫然想起母親，一招手，上了出租車。

第四十九章／驚喜

當章小舫踏進洗衣店時，她母親正在講電話，從斷斷續續的洋涇浜英語中，她了解到顧客正在指責母親，理由是沒按照規定時間送衣上門。

縱使母親道歉連連，對方仍不依不饒，急得母親眼淚都快掉下來……

見狀，章小舫走過去，果斷地拔掉座機電話線。

"囡囡，儂發痴啦！"她母親氣得衝口而出。

"姆媽，消消氣，我帶妳去白相相。"章小舫答。

（註：白相相在上海話中是"玩耍一下"的意思。）

章太太當然不願在工作時間玩耍，但在女兒的軟磨硬泡下，她還是將"Closed"的牌子掛在店門口。

雖然章小舫嘴上說著要帶母親玩，可是去的第一站卻是美髮店，理由是新髮型能給母親帶來好心情。

" What color do you want to dye your hair?" 美髮師問。

" Black." 章太太答。

此話一出，章小舫立馬不同意，直接讓美髮師把母親的頭髮染成葡萄紫。

"哎呀！勿要出格好伐？"她母親嚷嚷著。

"姆媽，妳信我，葡萄紫絕對是最適合妳的顏色。"

果然葡萄紫的齊肩外翹髮型一出，立刻碾壓章太太原來的黑中帶白泡麵捲髮。

"哈！囡囡的眼光老好額，"她母親面鏡左右察看，"新髮型讓我年輕不少。"

見母親滿意，章小舫接著帶她前往一家化妝品店，那裡提供收費的化妝服務。

半小時過後，她母親難以置信地問："囡囡，妳說鏡中的人是我嗎？"

"當然，姆媽好看極了。"

想當初，章太太也是"愛美"人士，哪怕只是出門幾分鐘，她也要打扮得漂漂亮亮的，可惜自從家道中落（口袋裡的錢再也支撐不了"臭美"）後，她便不再打扮，成了"黃臉婆"大軍中的一員。如今拜女兒所賜，章太太彷彿喝下"回春水"，心中那叫個激動！

從化妝品店出來後，章小舫還想帶母親到Brookfield Place購物，可是卻被母親拒絕了，理由是今日花費已太多，不能再浪費了！

"姆媽，妳就別管錢的事，反正我買單。"章小舫豪氣地說。

"呵！妳的錢還是我和妳爸給的，羊毛出在羊身上，我可不戇。"她母親答。

是這樣的，章小舫為了隱瞞與Mr.Cargill同居的事實，所有一切照舊，包括蘇豪區的公寓不退租、每個月依然接收父母給的生活費、逢年過節也會與雙親一同食飯……等，以致於在長達一年半的時間裡，章先生和章太太硬是沒發覺女兒有任何異樣。

"不，不是花你們給的，而是……而是……"章小舫躊躇了一下，"而是我買的彩票中了5〇萬美元。"

"儂講個真個哇？"她母親的聲音立即高八度，"哈哈！額角頭真高！"

話一答完，章太太忽然覺得有必要給老公報個喜，於是一通電話打了過去，恰好章先生也有個"驚喜"要給女兒，於是三人約在中國城最好的上海菜館一起食飯。

由於離約定時間尚有3小時，掛斷電話後的章太太同意到Brookfield Place逛逛。

"也許我還來得及換上一身合適的衣服上高級餐廳。"她對女兒說。

第五十章/自作自受

三人在餐廳坐下後，章先生首先恭喜女兒中獎了，接著讚美老婆今晚美得像灰姑娘。

"還灰姑娘呢！"章太太睨了老公一眼，"明明是《美女與野獸》裡的貝兒公主好伐？！"

"妳是貝兒公主，那我豈不成了野獸？"章先生答。

看父母打情罵俏，章小舫有說不出的幸福感。

"小舫，"她父親忽然將矛頭指向她，"妳打算怎麼使用贏來的獎金？"

"我……我想把獎金送給阿爸和姆媽。"

話甫歇，章先生和章太太對視，從眼神中，他倆顯然交換了不少信息，並且最終達成共識。

"小舫，"她父親開口，"妳有這份孝心，我和妳媽都很欣慰，但我們拒收，因為妳應該把錢花在自己的前途上，好比上學。"

章小舫立即表示學肯定是要上的，但她另有法子付學費，所以父母還是把錢收下吧！

"囡囡，妳把獎金給了我們，妳哪來的錢上學？再說，曼哈頓的房租不便宜，物價還貴，妳可別以為5○萬元很經花，大概只夠逍遙個三、五年而已。"她母親耳提面命。

眼下的章小舫無疑是難堪的，她沒想到原本的善意會讓她舉步維艱，還好關鍵時刻，她想到了父親所說的"驚喜"。

"阿爸，你不是說有個驚喜給我嗎？"她問，轉移話題的用意相當明顯。

"噢！我差點兒忘了，驚喜就是妳的依親簽證辦下來了，可以安心留在美國，但在獲得綠卡前，妳還不能工作。"

章小舫接著問什麼時候能拿綠卡？她父親答得排隊，幾年的等待時間是要的。

"這麼久？"章小舫咋舌，"聽說投資移民比較快。"

"得投錢啊！寶貝兒。"

其實在與Mr.Cargill同居後沒多久，對方就曾說過要用投資移民的方式幫她解決身份問題，若不是章小舫的父親已經在辦依親簽證，她還真有可能答應下來。

"囡囡，別難過。"她母親說，"妳先去上學，等碩士學位也到手了，我看綠卡也差不多了。如此一來，豈不皆大歡喜？"

章小舫心想投資移民只需一百來萬（美元），就算加上其他花銷，也到不了15○萬，對於她的諾大"家產"而言，不過是灑灑水而已，何苦百轉千迴？但她不能這麼答，而是同意母親的說法。

時間就在話家常中一點一滴地流逝，當他們走出餐廳時，叫的Uber正好到了。按照路程的遠近，車子會先行經下東區，然而當車子抵達章小舫父母的租處時，她父親卻不願下車。

"沒事，我跟妳一起回蘇豪區，看妳進屋後，我再回去。"她父親說。

章先生打的算盤是送女兒回公寓後，自己再搭地鐵回家，可是當網約車來到章小舫所住的公寓樓底時，章父卻忽然內急，只得上樓使用女兒的衛生間。

"怎麼水龍頭的水是黃的？"走出衛生間的章先生問女兒。

"可……可能公寓今天清洗水箱了。"她答。

"清洗水箱的確可能流出汙水，但擦手巾硬邦邦的又是怎麼回事？"她父親又問。

章小舫的心喀噔了一下，她沒想到謊言最終會敗在擦手巾上。

見女兒神色緊張兼吞吞吐吐，章先生心中了然了。

"他是誰？"他問。

"一個……美國人。"

"老外？"

"嗯！"

果然與章先生料想的一樣。

"什麼時候帶來見阿爸、姆媽？"他又問。

"我來安排。"她弱弱地答。

送走父親後，章小舫後悔不已，因為不知如何讓死去的人復活？

“哎！我這是拿石頭砸自己的腳，沒救了！”她哀嘆。

第五十一章/攤牌了

在章先生和章太太的再三催促下，見面時間終於定在週五晚上七點鐘，見面地點則是章小舫男友的住處。

章先生一看地址，竟然只與Mr.Cargill的住所隔了兩戶，心中不禁竊喜，因為那裡住的非富即貴，看來小舫交到了一位家境很好的男孩子。

時間來到週五晚上近七點鐘，章太太站在約定地點，邊仰視邊問：“哇！這別墅得值多少錢？”

“幾千萬美元要的！”章先生答。

“嘖嘖嘖……沒想到囡囡這麼結棍，抓到了一個黃金單身漢。”

“看來的確是。”

然而不管他們如何按鈴，始終無人應門，章先生只得打電話給女兒。

“你們稍等，我馬上就來。”她答。

當章小舫從Mr.Cargill的房子走出來時，章先生驚訝到無法言語，尚被蒙在鼓裡的章太太則不解大過詫異。

"囡囡，妳不是說200號嗎？"她問女兒。

"我……記錯了，是206號。"

章小舫一答完，特意看了父親一眼，後者投來凌厲的目光，章小舫只得低下頭去。

為了這次會面，章太太特意做盛妝打扮，但仍不放心，所以進屋前，她攏攏頭髮，又拉拉衣服，直到女兒確認OK了，她才踩著新買的高跟鞋入內。

反觀章小舫，她同樣戰戰兢兢，不僅支開了宅子內的所有員工，連餐桌上的五菜一湯也是讓廚子事先煮好，再做保溫處理。

"怎麼妳男友也愛吃中國菜？"章太太望著一桌飯菜問。

"他……其實比較喜歡吃西餐。"

"妳男友也愛喝茅臺？"她父親故意問。

"不，他不喝中國酒。"

章太太聽聞後，立即讚美這男孩好，為了迎合他們夫妻倆，做了那麼大的努力……

"其實……"章小舫吞了吞口水，"他已經不是男孩了。"

"哈哈……"她母親笑得花枝亂顫，"當然不是男孩，是男人，瞧我說的什麼？太坍臺了！對了，他人呢？"

此時的章小舫冷汗直流，即使室內冷氣已經開到最大。

"他……"章小舫深吸一口氣，"他已經在這兒了。"

此話一出，章太太立即左右張望。

"別找了，"章小舫指向牆上的某幅肖像畫，"他在那兒。"

她母親定眼一看，畫裡的老頭有明顯的皺紋，眼袋很深，看著沒有七十，起碼也有六十多。

"別開玩笑！這位應該是妳男友的父親或爺爺吧？！"她母親說。

"不開玩笑，他就是我男友，一個多月前因病去世，留給我這棟別墅和八百萬美元的現金，他女兒後來又多給了一百萬，以上就是我要說的。"

此時，空氣冷得彷彿掐得出水來。半晌過後，章太太問老公今天是不是4月1日？

已經沉默好一會兒的章先生答："不，不是愚人節，如同妳所聽到的，咱們的女兒給洋老頭做伴了。"

此話一出，章太太煞白了臉，她猛地握住女兒的雙手，問："囡囡，妳怎麼學壞了？是不是被那老頭子給騙了？"

章小舫答Mr.Cargill 沒有欺騙她，是她心甘情願這麼做的。

"為什麼？"她母親啞著嗓子，"是為了錢嗎？"

這讓章小舫如何回答？錢的原因肯定有，但又不全是為了錢。

"他對我好，給了我想要的，我也對他好，如果這也有錯，那就算我錯了，好了伐？"

聽到女兒說出那麼"不要臉"的話來，章太太氣得捶打她好幾下，章先生不得不出手制止，接著強押自己的老婆離開。

當所有的吵雜聲都停了下來，章小舫自言自語：“太好了，終於說出來了。”

也不知失神了多久，直到屋內的咕咕鐘開始報時，章小舫才回過神來，一抬頭，油畫裡的Mr.Cargill 正衝著她笑。

“我做錯了嗎？”章小舫問畫中人。

可惜回覆她的只是一室的寂寥。

第五十二章／被上帝眷顧的女人（完結篇）

章太太打了女兒又後悔，整天以淚洗面，連班都上不了。

怕老婆想不開，章先生只能請假，24小時守著，就怕她做出不理智的行為來。

反觀章小舫，她又何嘗開心？把自己關在屋內不說，還成天賴在床上，直至女管家報告得交房產稅了。

" How much ？" 她無精打采地問。

" \$299，8oo." 女管家答。

章小舫一聽，嚇得從床上坐起，問有沒有搞錯？

再三確認無誤後，她緊接著問房產稅是不是每年都得繳納？當得到肯定的答覆時，她兩眼一黑。

" Are you ok ？" 女管家問。

章小舫嘴裡答好，其實一點兒也不好，她沒想過這屋的房產稅會這麼高，加上房子大，僱的人也多，支出是個不小的數字。也就是說，她口袋裡的錢雖多，但按照目前的花法，也只夠維持十多年的光鮮生活，接下來便得喝西北風了。

考慮良久後，章小舫決定把房賣了，再到陽光明媚的邁阿密置產，因為那裡的稅務負擔相對較輕，很適合像她這樣多金又沒有投資頭腦的人。

一聽說女兒要賣房，章太太只得放下心中的那根刺，趕來幫忙。

"姆媽，辛苦妳了。"章小舫囁囁地說。

"我是怕妳上當受騙。"她母親解釋。

"所以囉！薑還是老的辣。"

"貧嘴！"

誰也沒想到原有的不快會在短短的幾句對話中力分勢弱，而在接下來的"交易談判"中，這家人更是滋生革命情誼，讓彼此的"粘性"越加牢固。

兩年過後，這場"易屋"大戰才總算結束。按照原計劃，章父章母重返曼哈頓，留章小舫一人面對South Beach。

"阿爸、姆媽，你們何不留下來跟我一起住？"章小舫問。

"囡囡，我們忙慣了，一下子閒下來，還真不習慣。"她母親答。

其實章小舫心裡清楚著，是"不道德交易"讓她的父母顏面掃地，到現在還如鯁在喉。

事已至此，她也不強求，一個人守著五房三衛的觀海大平層。白天，她看著潮來潮往；夜裡，她聽著海濤入眠，時間慢得好似老牛拖車，可是她卻樂在其中。

這一天，她挽著竹籃子到海灘撿貝殼，一個大浪忽然打過來。

“ Are you ok ？” 一名金髮男子跑過來問她。

“ I'm fine. ” 她撥開額前濕漉漉的髮，“ The good thing is that I don't need a shower today.”

“ Haha. You're so funny. ” 男子停頓了一下，“ Do you need a man-servant to carry your basket?”

此話一出，章小舫特意打量眼前人，發現他有清亮的眼睛、潔白的牙齒和一身矯健的腱子肉。

“ Why not ？” 她愉快地答。

於是這兩人並肩漫步，在沙灘上留下兩行深深的足印……

也許這是一個愛情故事的開始，誰知道呢？讓我們拭目以待吧！

（全文完）

【看不夠嗎？B杜的下一本言情小說《秋小鶴》正等著您，以下是前三章，先睹為快。】

《秋小鶴》

第一章／混血兒迷霧

見過秋小鶴的人，開口的第一句話總是："妳是不是混血兒？"

"是的，中國混坦桑尼亞，咁呢？"她答。

"那妳會不會講坦桑尼亞話？"這是第二句問話。

"&¥#@*%……"

"老天！真的是……是黑妹。"

話說回來，秋小鶴這個"混血兒"是要混莫桑比克、喀麥隆還是烏干達？全憑她的心情，不能一概而論，好比當她遇上"看對眼"的男生時，那又是不一樣的光景。

"妳是不是混血兒？"高三學長范一飛問高一新生的她。

"不，我只是皮膚比較黑而已。"

"怎麼有人說妳是非洲那邊的？"

"呵呵！開玩笑的啦！我是廣東混四川，千真萬確。"

秋小鶴沒說謊，她母親是廣東吳川人，父親是四川重慶人，兩人的愛情故事也算得上可歌可泣，但自從秋小鶴出生後，所謂的伉儷情深、鸞鳳和鳴皆戛然而止，起因正是膚色……

"這是怎麼回事？" 她父親面色凝重地問。

"什麼怎麼回事？" 她母親答。

"這娃兒黑扯扯的，一點兒也不像中國人。"

"李奎，痴線啦你，講的是人話嗎？"

"我咋不講人話？是妳不守婦道。"

秋小鶴的母親雖然一向情緒穩定、很少發脾氣，但只要是女人，就受不了這種氣，當下便決定做親子鑑定。

就這樣，還未滿月的秋小鶴被迫獻出一管血，可是當鑑定報告（支持李奎與秋文文為李小鶴的生物學父母親）出爐時，卻也是她父母走向正式決裂的開始。

秋小鶴曾問過自己的母親——既然鑑定結果皆大歡喜，為何還要離婚？

"妳不懂，" 她母親答，" 夫妻之間一旦產生不信任感，就再也回不去了，好比我跟某個男人多講了幾句，妳父親就要再三盤問，這種生活誰受得了？"

"難道妳就沒猶豫過？" 秋小鶴又問，" 一個人帶著一個不足歲的孩子，那可不是件容易的事。"

"猶豫有用的話，我早猶豫幾百回了。" 她母親嘆了口氣，" 也不是沒想過再找個男人嫁，但考慮到妳，我忍了下來，也多虧自己爭氣，才有如今的局面。"

話說秋小鶴的母親在鎮上開了兩家超市，每日流水能達到五位數，不僅餬口不成問題，還有餘力將女兒送進私立高中。

有一天，已是高二生的秋小鶴問母親能不能改名？

"改名？"她母親很是驚訝，"點解？"

"小鶴這個名字不好。"

"哪裡不好？鶴象徵長壽、吉祥、好運和高潔，正到爆！"

秋母其實不懂女兒的心思，若不是同學們開始喊她"秋小鳥"或"秋小雞"，她是不會想到改名的。

如今改名得不到母親的認可，秋小鶴退而求其次，問能不能讓她到髮廊把頭髮給燙直了？因為每天光是花在頭髮上的時間就足以讓她背完所有的英文單詞。

"背完所有的英文單詞"當然是玩笑話，但秋小鶴花在頭髮上的時間的確很多，問題是好不容易被直板夾拉直的髮，一碰水就原形畢露，那才是最糟心的！

"冇用地啦！捲髮已經刻進妳的DNA裡，與其逃避，何不讓它捲得有特色？"她母親說。

其實也不能怪秋母潑來冷水，秋小鶴已經上過髮廊十數回，剛燙完的髮的確是直了，但也只是維持一個月而已。換言之，除非她每個月都燙髮，否則很能達到她想要的效果，而這等同飲鴆止渴，因為頻繁燙髮很傷髮質，還會帶來脫髮風險。

思考再三，秋小鶴決定聽從母親的建議——讓自己的一頭捲髮變得有特色。

"哇！妳看起來就像《綠野仙蹤》裡的桃樂絲。"彭雪見一見她就說。

「有嗎？」她摸一摸自己的雙髮辮，「桃樂絲的頭髮比較長，也沒那麼捲。」

「那倒是，女生頭髮像妳這麼粗、硬、捲的，全球大概找不到幾個，非洲人除外。」

彭雪見說者無意，秋小鶴卻聽者有心，當晚便詢問母親——我哋祖上是不是有黑人血統？

「這我哪兒知道？」她母親想了想，「至少三代以內沒有。」

言下之意，三代以前不排除其可能性。

想到自己被「自己人」禍害，秋小鶴不免來氣。

「為什麼我要姓秋？姓秋的就沒……沒一個名人，我不想要這個姓氏！」她氣憤說道。

其實秋小鶴想說的是「沒一個好人」，但再一想，詆譭祖宗是要遭天打雷劈的，遂將矛頭轉向，說成「沒一個名人」。

「等妳嫁人了再從夫姓吧！」她母親無奈地答，「話說回來，姓秋的倒不是一個名人也沒有，歷史課本上的秋瑾就是！」

歷史課本上說秋瑾是女權運動家和革命志士，後被清廷處決，勉強算得上「名人」，但與姓李的一比，那真是小巫見大巫，人家政治上有李世民、李鴻章、李光耀等；文學上有李白、李清照、李商隱等；學術上有李時珍、李政道、李四光等；其他領域有李小龍、李嘉誠、李安等……

她母親一聽，變了臉色，質問她是不是想認祖歸宗，回到親生父親那一邊？

「也不是啦！」秋小鶴的氣勢立即弱了下來，「我就這麼一說，妳別往心裡去。」

秋小鶴的父親已經另組家庭，父女倆頂多一年見一次面，近幾年更是沒有，此時若回到父親那一邊，無疑自找麻煩，她當然不願意。

"得啦！妳自行消化妳的情緒，別影響我上網。"她母親答完，轉身回到自己的房間。

近兩年，秋小鶴的母親才學會上網，哪知一發不可收拾，每晚總要折騰到午夜才肯關機。

母親走後，秋小鶴一人面對空蕩蕩的客廳，忽然感覺無趣。

"我看我還是回房寫作業去，免得又被老師批評了。"她心想。

第二章/長襪皮皮

雖然秋小鶴對自己的姓氏"秋"頗有微詞（主因還是懷疑祖上有非洲人的基因，導致她的外表與眾不同），但她很喜歡"秋"天，每當秋風乍起、落葉紛飛時，秋小鶴總感覺自己就是一名落難公主，在異國他鄉，無助地苟延殘喘著……

聽完以上"感傷"，彭雪見忍不住呵呵呵地笑。

"妳笑什麼？"秋小鶴問。

"我笑妳傻，誰都想當公主，但絕不會想當落難公主，我懷疑妳有自虐傾向！"她答。

"我還沒說完呢！落難公主後來來到一座城堡，並且與城堡少爺相戀，兩人從此過上沒羞沒臊的幸福生活！"

這次彭雪見沒笑，反而摸摸秋小鶴的額頭，說："沒發燒，妳抽什麼風？"

秋小鶴推開閨密的手，問："妳呢？想不想跟城堡少爺談一場驚天地、泣鬼神的戀愛？"

彭雪見噗嗤一笑，接著表示自己不是活在瓦倫西亞的月亮裡。

"什麼意思啊！"秋小鶴皺起眉頭，"妳怎麼老說一些我聽不懂的話？"

"聽不懂才好，聽懂了其實比較不幸。"

別人說不幸，秋小鶴信，但彭雪見說不幸，她可是一點兒也不相信，因為這個女生身材姣好又有盛世容顏，誰不前仆後繼地獻殷勤？何來不幸之有？

此時，生活委員鄭明亮走過來，對她倆說："下個月開始晚自習，所以伙食費多收500塊錢。"

"我不吃。"彭雪見答。

"我也不吃。"秋小鶴緊接著響應。

話說學校食堂的菜色極差，若不是為了"續命"，豬狗都不吃（也就是說，一天忍耐一次已是最大限度，再多沒有）。

"你們不吃，哪有力氣學習？"生活委員說，但眼睛只注視著一個人。

"這你就別管了。"彭雪見冷漠地答。

"我們吃泡麵也行。"秋小鶴加了一句。

生活委員一聽來氣（主要是針對敲邊鼓的秋小鶴），話說得就沒那麼客氣了。

"秋小鳥，"他點名，"沒人管妳吃什麼，但這錢妳必須得交，如果大家都不交，食堂還撐得下去嗎？"

秋小鶴還沒來得及發飆，彭雪見便一把抓住生活委員的前襟，威脅："給你一分鐘的時間道歉，否則我讓你看不到明天的太陽！"

生活委員一邊道歉，一邊要彭雪見"大人有大量"，誰沒有說錯話的時候呢？

"滾！"彭雪見推了生活委員一把，"對秋小鶴不敬就是對我不敬，誰敢喊她的綽號，就是與我為敵！"

生活委員踉踉蹌蹌地走人，而秋小鶴則敬佩不已，大讚閨密英姿颯爽，是個女中豪傑。

"如果我說方才的我不是我，妳能理解嗎？"彭雪見問。

"理解，當然理解，因為妳有很多分身。"

"嘻！知道我為什麼喜歡妳嗎？因為只有妳不把我當瘋子看。"

有句話叫"臭味相投"，彭雪見的"不按理出牌"恰好與秋小鶴的"天馬行空"完美契合上，不同之處在於彭雪見是個靚女，行為再怎麼乖張，總有人替她做合理的解釋；反觀秋小鶴就不一樣了，"鬼馬"的評價算是好的，大部分的人都認為她"思維異常"或"精神錯亂"，只有極親近的人才懂得欣賞她那獨樹一幟的"真、善、美"。

幾個月後的英語課堂上，戴著厚片眼鏡的老師終於發現秋小鶴換新髮型了。

"秋小鶴，妳看起來就像Pippi Longstocking裡的Pippi，只是皮膚黑了點兒。"她說。

此話一出，班上男同學坐不住了，接二連三地添加，好比——只是個頭矮了點兒、只是雀斑多了點兒、只是胸小了點兒、只是行為古怪了點兒……

英語老師沒聽出話裡的揶揄，反而一本正經地答："Pippi只有九歲，個頭當然不可能高，也別期望有胸，雀斑倒是多了點兒，行為也的確古怪。"

英語老師不解釋則已，一解釋反而坐實秋小鶴有"發育不良兼精神不正常"等特徵。

"老師。"彭雪見舉手。

"誰喊我？"眼力不好使的英語老師左看右瞧。

"我喊的。"彭雪見站起，"妳能解釋I would like to 和I want to的區別嗎？"

這招倒是奏效，成功轉移了注意力，只是秋小鶴並沒有因此翻篇。這可不，回家後的她立馬在網上搜索英語老師提到的Pippi Longstocking，原來這是一部瑞典的文學作品，中文譯名為《長襪皮皮》，曾被改編為電視劇和動畫片。在原著簡介中，皮皮是一個擁有超強能量的紅髮小女孩，綁著雙髮辮，力氣很大（能單手舉起自己的馬），既愛玩又難以捉摸，還經常批評那些不講道理的成年人，震驚鎮上所有人……

光讀簡介，秋小鶴便與皮皮神交上，因為皮皮做了她一直想做卻總是被條條框框限制住的事，看來還是當北歐人比較幸福，可以放開來做自己。

"小鶴，"她母親忽然敲門，"洗澡了沒？怎麼浴室一點兒水蒸氣也沒有。"

"今天冷，就不洗了。"她答。

"不行，每天都得洗澡，否則身體容易長蟲。"

秋小鶴常想為什麼大人們會有那麼多稀奇古怪的想法？如果母親所言為實，那麼是否意味著原始人身上全爬滿了蟲子？

"放心，我的皮很厚，蟲咬不動。"她又答。

"秋-小-鶴。"

當秋小鶴的母親連名帶姓地喊她時，那代表此事沒得商量！

"好啦！等我寫完所有的數學題就去洗。"她承諾。

然而今晚的數學題硬是非常難解，當秋小鶴終於寫完時已過了午夜，她害怕洗澡的聲音會吵醒母親，所以只匆匆洗了腳便上床。

"妳說謊！"她內心的"道德委員長"開始譴責她。

"我洗了，腳也是身體的一部分。"她答。

"別狡辯，妳知道妳母親的意思。"

"好啦！大不了明天洗兩次。"

隔天夜裡，秋小鶴真的洗了兩次澡。

"妳怎麼了？"她母親關心地問，"一晚上洗了兩次，是不是來例假了？"

"不是，我答應洗兩次就洗兩次。"

"答應？妳答應誰了？"

"……我。"

秋母認識女兒也不是一天兩天的事了，早習慣她的"答非所問"和跳躍式思維，所以並沒有繼續追問下去，反而在叮囑她上床別刷手機後，轉身回房去。

第三章／不入虎穴，焉得虎子？

秋小鶴讀的不是重點高中，而是有錢就能上的那一種。換言之，想在一堆學渣中出類拔萃可說是垂手可得，偏偏對秋小鶴來說難若登天。

"秋小鶴，妳知道整個高二有253名學生，而模擬考試妳排251名嗎？"班主任語重心長地問。

"知道。"

"高考只剩一年多點兒，妳要不要考慮留級？也就是重讀高二，把基礎打得更牢固些。"

秋小鶴反問留級是不是能考得更好？班主任答不一定，得看學生努力的程度。

"那算了，我肯定虎頭蛇尾，還是別拖班級後腿了。"她答。

"可是妳現在就在拖我們班的後腿啊！"班主任無奈地說。

"要不，我走？"

班主任哀嘆兩聲，接著陷入無話可說的境地，原因是
——雖然高考成績不佳容易導致來年招不到學生，但這
所學校的校長很短視，絕不會容忍“到嘴的肥羊跑了”的
事情發生。

思來想去，班主任決定還是與秋小鶴的家長談一談，或
許事情還有轉圜的餘地。

次日，秋母如約而至，在清楚班主任的意思後，問留級
是不是強制性的？

“不是強制性的，但學生可自願留級。”班主任答。

“我女兒怎麼說？”

“她不同意。”

“那不就好了嗎？”秋母起身，“我在鎮上開了兩家美又
美超市，忙得很，老師若有空可以過來逛逛，我會按會
員價收你。”

秋小鶴的母親走後，班主任呆若木雞。

“王老師，”坐在鄰座的齊老師開口了，“剛剛那位看起
來刀槍不入，你算是踩到鐵板了。”

“什麼鐵板不鐵板？我這是盡人事聽天命，不出意外的
話，她女兒連個最差的大學都上不了，到時候就知道我
用心良苦了。”

一年後，秋小鶴毫不意外地落榜了，應驗了班主任的預
言。

“小鶴，妳怎麼想？是復讀、就業還是考大專？”她母
親問。

“我想躺平一陣子。”

“唔得啦！我不養閒人。”

“實在不行的話，我到妳的超市當收銀員也可以。”

秋母考慮了一下便答應了，只是不是當收銀員，而是當“代理老闆娘”。

“代理老闆娘？”秋小鶴揚起聲，“為什麼？”

當她得知母親在網上談了個朋友，打算飛到荷蘭奔現時，驚訝到說不出話來。

“我已經為妳單身十多年了，現在該是為自己活的時候。”她母親解釋。

“不不不，”秋小鶴把頭搖得像撥浪鼓，“妳誤會了，我沒阻止妳交朋友的意思。事實上，這是件好事，只是我不放心妳一個人跑到那麼遠的地方去。”

“那怎麼辦？”

“我陪妳去，四隻眼睛總比兩隻眼睛管用，至於超市……找個人品好的員工當臨時店長得了，反正我們去去就回，不礙事的。”

秋母想想也對，她沒出過國，有女兒壯膽的確好過單槍匹馬，再說，臨時店長也不難找，於是一拍即合，兩人即刻辦理出國事宜。

兩個禮拜後，成功拿到90天申根簽證的母女倆終於登上飛機。

“媽，如果那個男人不是妳想的那樣，妳怎麼辦？”秋小鶴問母親。

“那我們就把所有的申根國家玩一遍。”她母親接過空姐遞過來的報紙，道謝完畢又轉向女兒，“來一趟多不容易，當然不能浪費！”

稍待片刻後，秋小鶴又問：“如果那男人就是妳的白馬王子，可是接受不了我，妳怎麼說？”

“放心，不會有這種事情發生，因為接受我就得接受我的一切，而妳就是我的一部分，是從我身上掉下來的肉。”

秋小鶴從未像此時此刻這般與母親靠得如此之近，所謂的“母女連心”大概就是這個道理。

經過二十多個小時的飛行（中間停留了一站）後，飛機終於抵達阿姆斯特丹。

“媽，Adam在哪兒接我們？”秋小鶴問。

“應該就在接機口，不然還會是哪裡？”她母親反問。

結果母女倆在接機口等了又等，連個鬼影子也沒有。

“媽，妳會不會上當受騙了？”秋小鶴又問。

“再等等，也許人家路上耽擱了也說不定。”

她母親話音剛落，一個黃毛小子慌慌張張地跑過來，見人就晃動手中的A4紙。當他來到這對母女面前時，秋小鶴終於看清楚紙上寫的是什麼。

“No.”秋小鶴擺手，“No Win Win Qiu.”

豈料她母親點頭，承認自己就是Win Win Qiu。

“媽，妳怎麼會是Win Win Qiu？”秋小鶴很是不解，“文文的拼音是Wenwen好嗎？”

“Wenwen聽著多無聊，Win Win就有意思多了，不僅贏了，還連贏兩次。”

聽完，秋小鶴無語了。

她母親並沒有留意到空氣忽然冷了下來，也不認為自己的“改名”有多麼估唔到，反而要女兒幫著問問為什麼Adam沒來？

秋小鶴的英語其實很一般，但總歸比母親好，於是硬著頭皮問，還好男生聽懂了，這可以從接下來的"表演"中看出。

"Adam跌倒了，後背受傷了。"秋母下註解。

"妳怎知焉？"秋小鶴問。

"只要不瞎，誰都看得出來。"

"現在怎麼辦？"秋小鶴又問。

"能怎麼辦？不入虎穴，焉得虎子？"

秋母的言下之意就是跟著小夥子走，秋小鶴雖然覺得不妥，但也沒有更好的辦法，只能走一步算一步囉！

作者介紹

在異國的背景下加入纏綿悱惻的愛情故事是B杜小說的一大特點，她的文筆清新、筆觸詼諧、畫面感很強，讀完小說有種看完一部愛情偶像劇的感覺，特別適合懷春少女及對愛情有憧憬的女性閱讀。

另外，B杜還創作了散文、嚴肅小說、系列小說等，歡迎關注。

ALSO BY B杜

《章小舫》（简体字版）Miss Zhang （in simplified Chinese characters）

***

《法蘭西情人》Love in France

《東瀛之愛》Love in Japan

《新西蘭之戀》Love in New Zealand

《英倫玫瑰》Love in England

《愛在暹羅》Love in Thailand

《情定布拉格》Love in Prague

《獅城情緣》Love in Singapore

《愛上比佛利》Love in Beverly Hills

《夢回楓葉國》Love in Canada

《早安，歐巴》Love in Korea

《我在蘇黎世等風也等你》
Love in Switzerland

《迪拜公主的祕密情人》Love in Dubai

《馬力歷險記1之地球軸心》The Adventures of Ma Li (1):
The Time Axis

《馬力歷險記2之黃金國》The Adventures of Ma Li (2):
Eldorado

《馬力歷險記3之可可島寶藏》The Adventures of Ma Li
(3): The Treasure of Cocos Island

《B杜極短篇故事集 (1～100)》A Word to the Wise (Tales
1～100)

《B杜極短篇故事集 (101～200)》A Word to the Wise
(Tales 101～200)

《B杜極短篇故事集 (201～300)》A Word to the Wise
(Tales 201～300)

《B杜極短篇故事集 (301～400)》A Word to the Wise
(Tales 301～400)

《B杜極短篇故事集 (401～500)》A Word to the Wise
(Tales 401～500)

《B杜極短篇故事集 (501～600)》A Word to the Wise
(Tales 501～600)

《B杜極短篇故事集 (601～700)》A Word to the Wise
(Tales 601～700)

《B杜極短篇故事集 (701～800)》A Word to the Wise
(Tales 701～800)

出版社介紹

如意出版社（Luyi Publishing）在英國註冊，致力於將優秀作品介紹給全球讀者，聯繫方式如下：

郵箱1: Luyipublishing@163.com

郵箱2: Luyipublishing@gmail.com